KB114120

조돈형 新무협 판타지 소설
FANTASTIC ORIENTAL HEROES

장강삼협 10

조돈형 新무협 판타지 소설

초판 1쇄 찍은 날 § 2013년 5월 23일
초판 1쇄 펴낸 날 § 2013년 5월 30일

지은이 § 조돈형
펴낸이 § 서경석

편집부장 § 권태완
편집책임 § 박우진

펴낸곳 § 도서출판 청어람
등록번호 § 제1081-1-89호
등록일자 § 1999. 5. 31
어람번호 § 제2-2342호

주소 § 경기도 부천시 원미구 심곡2동 163-2 서경B/D 3F (우) 420-822
전화 § 032-656-4452 팩스 § 032-656-4453
http://www.chungeoram.com
E-mail § chungeorambook@daum.net

ISBN 978-89-251-3303-4 04810
ISBN 978-89-251-2574-9 (세트)

巫山三峡
장강삼협
長江三峽
조돈형 新무협 판타지 소설
[2부] 10
FANTASTIC ORIENTAL HEROES
청어람

제8장   불청객(不請客)   7

제9장   무력시위(武力示威)   51

제10장 변화(變化)의 바람   107

제11장 맹량산(孟良山)   141

제12장 만천과해(滿天過海)   185

제13장 성동격서(聲東擊西)   231

제14장 학성촌(學成村)   271

第八章
불청객(不請客)

"크으으!"

운요(雲曜)가 오만상을 찌푸리며 일어나자 옆에 누워 있던 운산(雲山)이 힘겹게 고개를 쳐들었다.

"또?"

대답할 기운도 없는지 겨우 고개만 끄덕인 운요가 바지춤을 붙잡고 어기적어기적 걸어 나갔다.

운요가 문을 열고 사라지기도 전 좌측 끝에서 또 한 사람이 앓는 소리를 내며 일어났다.

"운격(雲格), 너도냐?"

"예. 미치겠어요. 활인당(活人堂)에서 제대로 약을 처방해주긴 한 건가요?"

"그래도 새벽보다는 나아졌잖아. 지난밤에 벌어진 일만 생각하면 난 정말……."

운산은 다시는 떠올리기 싫은지 두 눈을 질끈 감아버렸다.

"그러게요. 무슨 일이 벌어진 건지 모르겠어요. 음식 때문에 묵검삼대가 그야말로 초토화가 되었으니."

기다시피 나가는 운격을 보며 운해(雲海)는 땅이 꺼져라 한숨을 내쉬었다.

"후~ 어쩌다 이리된 건지."

한 자루 검을 들고 거침없이 무림을 질주하던 자신들이 고작 음식 때문에 이런 꼴이 될 줄은 상상도 하지 못했다는 표정이었다.

"조금만 참자. 대주와 사고(師姑)께서 당가에 가셨으니 뭔가 방법이……."

운산은 말을 잇지 못하고 슬며시 자리에서 일어났다. 그리곤 앞선 두 사람과 마찬가지로 비틀거리며 밖으로 나갔다.

운해는 고개를 설레설레 흔들며 주변을 둘러보았다.

한 치의 양보도 없이 치열하게 전개되었던 사사천교와의 싸움에서도 이런 처참한(?) 광경을 본 적은 없었다.

묵검삼대 대원 오십 중 살아서 귀환한 사람은 정확히 서른

여덟.

정무맹으로 복귀 후 멀쩡하게 휴식을 취하던 대원들이 지난밤부터 갑자기 구토를 하더니 복통을 호소하며 측간을 들락거리기 시작했다.

문제는 심각했다.

대원들은 한두 번도 아니고 자리에 앉기가 힘들 정도로, 온몸의 수분이 모조리 빠져나갈 때까지 밤새도록 구토와 설사에 시달렸다.

급히 다녀간 활인당의 의원의 말로는 저녁 늦게 먹은 음식이 문제인 것 같다고는 하였지만 그들 역시 정확한 원인을 파악하지 못했다. 그나마 활인당 의원들의 치료가 효과가 있는 것인지 새벽이 지나며 증세가 완화되는 듯 보였으나 대원들은 이미 초죽음이 된 상태였다.

운해가 상념에 잠겨 있을 때 문이 열리며 누워 있는 대원들 못지않게 초췌한 얼굴의 두 사람이 들어왔다.

당가의 식솔들에게 다녀온 묵검삼대 대주 도진과 영영이었다.

"대, 대주. 사고."

운해가 엉거주춤 일어났다.

"앉아 있어. 무리해서 일어날 필요 없다."

자신도 직접 겪었고 겪고 있기에 대원들의 상황이 얼마나 심각한지 알고 있던 도진이 손짓으로 하며 말했다.

"다, 당가에선 뭐라고 합니까, 대주?"

구석에서 머리를 처박고 있던 사내가 물었다.

"뭐라고 설명은 들었지만 솔직히 잘 모르겠다. 그래도 활인당의 의원보다는 확실히 낫다는 생각이 들어. 급한 대로 약도 받아왔으니까 다들 복용해."

도진이 당가에서 얻은 환약 주머니를 꺼내 들었다.

"활인당의 의원들이 알면 뭐라 하지 않겠습니까?"

운해가 조금은 걱정스런 눈초리로 물었다.

"뭔 상관이야. 당장 우리가 죽게 생겼는데. 효과만 있으면 그만이지. 안 그렇습니까, 대주?"

늘 쾌활한 성격과 친근한 농담으로 묵검삼대의 분위기를 이끄는 예도주(藝逃走)가 주머니를 낚아채며 말했다.

"도주 말이 맞다. 우선 복용하고 보자. 일단 살고 봐야지."

예도주는 침상을 뛰어다니며 당가에서 얻어온 환약을 동료들에게 복용시켰다.

"한데 괜찮을까요? 제아무리 당가라도 활인당의 눈치를 보지 않을 수는 없었을 텐데요."

동료들에게 나눠준 뒤 마지막으로 환약을 복용한 예도준이 입안에 가득 찬 약내음에 인상을 잔뜩 찌푸리며 물었다.

활인당과는 상관없는 일이라고 떠들어대기는 했어도 조금

은 꺼림칙한 모양이었다.

"걱정할 것 없어. 애당초 우리를 봐주겠다고 한 것도 당가였고. 당학운 호법님께서 우리의 상태를 확인하시고 약을 주신다는 결정을 내리는 자리엔 송유 장로님께서도 계셨으니까."

"송유 장로님께서요? 뭐, 그럼 걱정 없겠네요. 활인당의 당주부터 주요 의원들은 모조리 성수의가 출신이잖아요. 그곳의 어른께서 묵인하셨으니 지들이야 뭐 알아서 찌그러지겠지요. 크크크."

예도주는 구토와 설사로 힘들어 죽을 고생을 하는 묵검삼대원들에게 꽤나 불친절했던 활인당의 의원들을 떠올리며 고소하단 표정을 지으며 낄낄거렸다.

끼이익.

문이 열리고 밖으로 나갔던 화산파의 사형제들이 어기적거리며 돌아왔다.

"대주와 사고께서 돌아오셨습니다. 치료약도 가져오셨고요."

운해의 말에 운산 등이 도진과 영영에게 고개를 숙였다.

"다녀오셨습니까?"

더없이 정중한 태도.

그것이 자신이 아니라 영영에게 향하는 것을 알면서도 도진은 전혀 불쾌하게 생각하지 않았다.

　원래 정무맹에 적을 둔 각 파의 제자들은 정무맹에서 보내는 동안에는 대등한 관계의 동료가 되어 생사고락을 같이한다.

　화산파의 제자도 예외는 아니라서 그들끼리는 사형제의 관계가 유지될 수는 있겠지만 동료들과는 모두 허물없이 지내는 사이였다.

　그런데 영영의 위치는 딱히 정의 내리기가 애매했다.

　묵검삼대에 배치된 화산파 제자들이 운자배라면 영영은 그들보다 한 배분 높은 진자배와 동문이었다. 속가제자라 도호는 받지 않았다 해도 배분 자체가 사라지는 것은 아니었다. 더군다나 그녀는 다른 사람도 아니고 화산의 검이라는 청정자의 제자였다. 묵검삼대에서 최고의 실력을 지닌 것은 물론이고 묵검단주 또한 그녀의 상대가 되지 않을 정도로 엄청난 고수였다.

　화산파 제자들에겐 사문의 어른이었고 다른 대원들에겐 이제 갓 스물을 넘긴 동료 영영.

　어색한 상황의 틀을 깬 것은 영영이었다.

　외부엔 빙매화라 불릴 정도로 차갑고 냉정하다고 소문이 난 영영이었지만 묵검삼대 대원들이 생각하는 영영은 그렇지 않았다.

어떤 상황에서라도 믿고 등을 맡길 수 있는 동료였고 말은 그다지 많지 않아도 가끔 보여주는 희미한 미소는 그들에게 있어선 삶의 활력소나 마찬가지였다.

한마디로 영영은 묵검삼대의 상징과도 같은 여인이었다. 물론 화산파 제자들에겐 감히 범접할 수 없는 사문의 어른이었지만.

"효과가 있을 테니 복용들 하세요."

"감사합니다, 사고."

운산과 그의 사제들이 환약을 복용하는 것을 지켜보던 도진이 영영의 눈치를 힐끗 보며 입을 열었다.

"다시는 겪고 싶지 않은 경험이었지만 너희에겐 오히려 호재가 된 것 같다."

"무슨 말입니까?"

운산이 환약의 쓴 기운을 억지로 참으며 물었다.

"화산에서 사람이 오는 모양이야. 청풍이라고 하던데."

화산파 제자들의 눈이 화등잔만 해졌다.

"혹, 소사숙조님을 말씀하시는 겁니까?"

"그래요. 그분이 오신다는군요."

영영의 말에 다들 흥분을 감추지 못했다.

그들은 유대웅에 대해 제대로 알지 못했을 뿐더러 본 적도 없었다.

그럼에도 그에 대한 기대감은 대단했다.

유대웅이 화산파의 전설이라 할 수 있는 화산검선의 숨겨진 제자이자 화산의 검이라 일컬어지는 청정자를 능가하는 실력을 지녔다는 말을 들었기 때문이었다.

그것도 다른 사람도 아닌 영영에게 직접.

수개월 전에 화산파에서 여러 노사가 유대웅에게 제대로 당했다는 사실까지 전해지자 의구심은 확신이 되었다.

"그런데 호재라는 것은 무슨 뜻입니까?"

운해가 도진이 한 말에서 뭔가 이상함을 느끼며 고개를 갸웃거렸다.

"원래 오늘 아침 우리에게 새로운 작전 명령이 떨어졌을 거라는 말이 있더군. 한데 상태가 이 모양인지라 어쩔 수 없이 철회했다나."

"말도 안 돼! 복귀한 지 며칠이나 됐다고 새로운 작전에 투입한다는 겁니까? 제대로 확인은 된 거예요, 그거?"

침상 위에 뒹굴거리던 예도주가 기가 막히다는 표정을 지으며 벌떡 일어났다.

"확실한 건 아니야. 나도 전해 들었으니까."

"누구한테요?"

잠시 망설이던 도진이 짧게 대답했다.

"당학운 호법님께."

"젠장! 그렇다면 확실한 거네요."

쉿소리를 뱉어내는 예도주는 물론이고 화산파 제자들의 얼굴도 딱딱하게 굳었다.

"그래서 호재라 하셨군요."

운산의 말에 도진이 쓴웃음을 지으며 고개를 끄덕였다.

"어쨌든 배탈이 난 덕에 떠나지 않을 수 있었으니까."

운산이 영영에게 시선을 돌렸다.

"혹, 위쪽에서 소사숙조님과 저희들을 만나지 못하게 하려는 의도를 가진 겁니까?"

"그건 확실하게 모르겠어요."

고개를 흔들었지만 영영의 그늘진 표정에서 운산은 자신의 예감이 틀림없음을 확신했다.

"운산 형님 생각이 맞을 거요. 그게 아니라면 윗대가리들이 꽁지에 불나듯 우리를 이렇게 쫓아 보낼 생각은 하지 않겠지. 뻔한 수작이야."

예도주가 잔뜩 상기된 얼굴로 욕설을 내뱉자 도진이 얼른 입을 틀어막았다.

"말조심해."

"조심은 무슨. 대주님도 알잖아요. 그동안 화산파가 어떤 상황에 처해 있고 저 친구들이 본산으로의 복귀를 얼마나 원했는지를요. 모르긴 몰라도 청풍이라는 분이 그 문제를 매듭

짓고자 오는 모양인데 그걸 방해하려고 하다니!'

"누가 몰라? 그래도 이럴 때일수록 조심해야지. 많은 눈이 우리를 지켜보고 있어. 괜히 트집 잡혀서 좋을 것 없잖아."

"명색이 정무맹의 수장들이라는 사람들이 쫀쫀하기는. 혈사림에서도 이런 짓은 하지 않을걸요."

예도주는 자신의 일인 양 몹시 분개한 표정이었다. 그리고 그건 화산파 제자들뿐만 아니라 묵검삼대에 속한 모든 이의 공통적인 생각이었다.

"아직도 호전이 없다는 건가?"

질문을 던지는 광현 진인의 음성엔 짜증이 가득했다.

"예. 지난밤보다는 병증이 좋아졌기는 하지만 그래도 상태들이 좋지 못합니다. 몇몇 대원은 탈수증상으로 혼절까지 했다더군요."

정무맹주의 명을 대내외에 전하는 복령전(復令殿) 전주 이고(李庫)의 대답에 정무맹주가 허탈한 표정으로 고개를 흔들었다.

"허, 하필이면 이런 순간에 토사곽란(吐瀉癨亂)이라니."

그는 지난밤에 못다 나눈 이야기를 매듭지으려 모인 자리에 갑자기 엉뚱한 이야기가 화제가 된 지금의 상황이 몹시 마음에 들지 않았다.

"그래, 원인이 뭐라던가?"

남궁창이 물었다.

"음식이 문제라는 것 같았습니다."

"음식?"

되묻는 남궁창의 얼굴에 황당함이 묻어나왔다.

"그렇습니다."

"확실한가?"

"가장 가능성이 높은 추측입니다."

"혹, 다른 것이 원인이 되지는 않았을까? 가령 독이라던 가."

광현 진인의 말에 정무맹주의 표정이 살짝 굳었다.

"당가를 의심하는 겁니까?"

"꼭 그런 것은 아니지만 아무래도 미심쩍어서……."

"독은 발견되지 않았다고 합니다. 딱히 다른 원인도 찾을 수가 없었고요."

이고의 말이 쐐기가 되어 세 사람의 가슴을 무겁게 만들었 다.

"활인당에서 찾지 못했다면 그런 것이겠지. 결국 그들의 만남을 막을 방법이 없다는 말이로군."

정무맹주가 살짝 한숨을 내쉬자 잠시 망설이던 이고가 입 을 열었다.

"제가 한 말씀 올려도 되겠습니까?"

복령전을 이끌며 지금까지 세 명의 맹주를 보필한 이고는 평소 자신의 감정을 드러내지 않았다. 정확히 말하자면 오로지 상명하복(上命下服)의 역할만을 수행할 뿐 개인적인 의견을 전혀 내보이지 않는 인물이었다.

그런 이고였으니 깜짝 놀란 정무맹주가 얼른 고개를 끄덕이는 것도 당연했다.

"말해보게."

"묵검삼대로 인한 소문이 좋지 못합니다."

"구체적으로 어떤 소문인가?"

"굳이 무리를 해서 묵검삼대를 내보내려는 것은 다른 이유가 있다고요. 아무리 급한 상황이라 해도 복귀한 지 며칠 되지 않았고 전열을 재정비할 시간도, 인원 충원도 없이 곧바로 새로운 작전에 투입되는 전례가 없던 일입니다. 맹 내의 많은 이가 동요하고 있습니다."

광현 진인이 코웃음을 쳤다.

"의령에서 공식적으로 다루어진 문제니까 소문이랄 것도 없겠지. 굳이 감출 생각도 없었고."

"여론이 좋지 않다고 하니 그래도 걱정입니다."

내심 차기까지 노리고 있는 정무맹주가 이번 일로 문제가 생길까 걱정된 얼굴로 말했다.

"뒤에서 떠드는 놈들까시 상대할 여유는 없습니다. 소문 따위에 끌려가서는 더더욱 안 되겠지요."

"그럼 어찌하겠다는 겁니까? 묵검삼대는 꼼짝을 할 수 없고 청풍이란 자는 금방 도착할 것인데요."

정무맹주의 음성에 약간의 짜증이 묻어 나왔다.

"방법을 연구해 봐야지요."

퉁명스레 대꾸하는 광현 진인.

말은 그리했지만 그 역시 뾰족한 방법이 있는 것은 아니었다.

"고맙네."

당학운이 술병을 기울이며 말했다.

"그 정도를 가지고 고마워할 것까지야."

송유가 손사래를 치며 단숨에 잔을 비웠다.

"그 정도라니. 어쩌면 성수의가의 명예와도 직결될 수 있는 문제인데."

가벼운 미소를 입가에 머금은 송유가 천천히 잔을 들었다.

"은밀히 하려고 노력은 했지만 활인당에서 마음만 먹었다면 내가 묵검삼대에 독을 쓴 것을 찾아냈으리라 보네."

"무슨 소리. 활인당에 있는 아이들이 뛰어나긴 해도 자네의 하독술을 금방 간파할 정도는 아니지."

"활인당에서 찾지 못했다고 하더라도 자네가 나섰다면 금방 들통이 났겠지"

"그러게, 들통 날 짓을 왜 했나?"

송유가 웃으며 물었다.

"필요했으니까. 화산파와의 인연도 있고. 그러는 자네는 어째서 모른 체한 것인가?"

"하는 짓들이 영 마음에 들지 않았다고나 할까. 그리고 노부 역시 화산파에 약간의 빚이 있다네."

"빚?"

"엄밀히 말하자면 빚까지는 아니네. 그저 하늘이 맺어준 작은 인연이라고나 할까?"

영문 모를 소리에 당학운은 잔뜩 궁금하다는 표정을 지었다.

"이곳에 있는 영영이라는 아이 말일세."

"영영이라면… 아, 그 빙매화라는 화산파의 속가제자 말인가?"

"맞네. 그 영영이라는 아이가 과거에 칠음절맥이라는 병을 앓았다는 것을 알고 있나?"

막 입에 술을 털어 넣던 당학운의 움직임이 그대로 멈췄다.

"치, 칠음절맥! 지금 칠음절맥이라 했나?"

"그렇네."

당학운의 눈이 한껏 커졌다.

"그런 불치의 고질병을. 아니, 그보다는 어떻게 지금까지 살아 있을 수 있는 것인가? 칠음절맥이라면 요절을 해도 한참 전에 요절을 했을 나이건만."

"치료가 되었으니까. 완치가 되었다네."

"마, 말도 안 돼! 칠음절맥은 불치병이지 않은가? 말 그대로 천형(天刑)이야."

놀라움을 이기지 못하고 벌떡 일어난 당학운의 얼굴에 강한 불신의 빛이 어렸다.

"그렇지. 천형이지. 본 가의 역사에서도 지금껏 단 한 번도 치료에 성공한 적이 없으니까. 사실 치료법은 간단하다네. 금침대법으로 환자의 기경팔맥과 십이경락을 일거에 점하고 칠음절맥의 음기를 감당할 수 있을 정도의 양기를 흘려보내 자연스럽게 음양의 조화를 맞춘다는 것."

당학운이 쓴웃음을 지으며 말을 이었다.

"치료법은 일찌감치 발견이 되었으나 지금껏 성공하지 못한 이유는 단 하나였네. 어렵기는 해도 기경팔맥과 십이경락을 일거에 점할 정도의 침술은 문제가 아니었네. 극히 드물기는 해도 본 가엔 그만한 실력을 지닌 자가 꾸준히 배출은 되었으니까. 진짜 심각한 문제는 칠음절맥의 거대한 음기를 감당할 수 있는 양기를 찾아낼 수 없었다는 거네."

"그 정도로 음기가 강한 건가?"

"강하네. 단순히 강한 정도가 아니라 자칫 잘못 건드리면 환자는 물론이고 양기를 주입하는 인물까지도 목숨을 잃을 수 있을 정도로 무시무시한 기운이라네. 어지간한 능력으론 시도조차 해보지 못하지. 천형이라는 말이 괜히 따라오는 것이 아니야."

"완치가 되었다는 것을 보면 그런 양가의 소유자를 찾아낸 모양이군."

"찾았지. 어쩌면 그 이상 완벽한 조건을 가진 사람을 찾을 수 없을 정도로 뛰어난 사람을."

"누군가?"

"자네도 이미 감을 잡지 않았나? 화산검선이네."

당학운이 예상을 했다는 듯 상기된 얼굴로 고개를 끄덕였다.

"정확히 어떤 인연으로 화산검선과 영영이 연결된 것인지는 아직도 알지 못하네. 하지만 덕분에 그 아이의 칠음절맥은 치료가 되었다네. 본 가의 금침대법과 화산검선의 막강한 양기가 하나가 되어 천형이란 불리는 칠음절맥을 물리친 것이지. 본 가가 알아낸 치료법이 틀리지 않았다는 것도 증명된 것이고."

그때의 감동이 다시 전해오는 것인지 술잔을 드는 송유의 팔이 가볍게 떨렸다.

"그랬군. 화산검선께서. 한데 금침대법은 펼친 사람은 누
군가? 말이 쉽지 일거에 기경팔맥과 십이경락을 제압할 수 있
을 정도의 실력자라면 제아무리 성수의가라 해도 쉽게 배출
되지는 않았을 터인데."

당학운의 물음에 입가에 맴도는 진한 주향을 음미하던 송
유가 자부심 가득한 얼굴로 대답했다.

"자네 앞에 있지 않은가."

*   *   *

내성과 외성으로 나뉜 정무맹은 상주 인원만 일만에 육박
할 정도로 엄청난 규모를 자랑했다.

내성은 철저하게 정무맹과 관련된 무인들의 출입만 허락
되었고 외성은 정무맹과 연관된 무인들뿐만 아니라 그들의
식솔, 그리고 온갖 주루와 객점, 상점에서 일하는 자들이 한
데 어울려 머물면서 어지간한 도시의 규모를 뛰어넘을 정도
로 커진 상태였다.

오후 무렵, 정무맹 외성 입구에 도착한 유대웅과 추뢰는 정
무맹의 엄청난 규모에 압도당한 채 한참이나 멍하니 서 있었
다.

"크군요."

지금껏 황하련만 최고인 줄 알았던 추뢰가 놀란 입을 다물지 못하고 말했다.

"그러게. 크긴 크네."

유대웅도 가식없이 탄성을 터뜨렸다.

군산을 통째로 쓰고 있는 장강수로맹의 규모도 대단했지만 오 장 높이까지 솟구친 외벽과 열린 문 뒤로 늘어선 온갖 건물들의 향연에 비할 바는 아니었다.

"형님은 이곳이 처음이 아닌가 봅니다."

추뢰가 담담한 모습으로 서 있는 운종을 힐끗거리며 물었다.

"일전에 사부님을 따라 몇 번 와본 적이 있네."

형님이라는 칭호가 아직도 적응이 안 되는 것인지 하대를 하는 운종의 음성이 어딘지 모르게 어색했다.

"처음엔 나도 무척 놀랐어. 말로만 들었지 이런 규모의 건물이 있을 줄은 상상도 하지 못했거든."

운종은 처음 정무맹에 도착했을 때 받았던 충격을 아직도 잊지 못한다는 듯 쑥스러운 웃음 짓다가 이내 안색을 흐렸다. 당시 함께했던 사부와 사형제 중 살아 있는 사람이 아무도 없다는 것에 생각이 미친 것이다.

운종의 기분을 눈치챈 유대웅이 그의 등을 툭 치며 말했다.

"과거는 잠시 묻도록 하고. 이만 가자."

"예."

외성의 정문을 향해 성큼성큼 걸어가는 세 사람의 모습은 어딘지 모르게 박력이 있었다.

특히 중앙에서 걷는 유대웅은 눈에 띄는 덩치도 덩치거니와 주변의 분위기를 압도하는 묘한 분위기를 풍기고 있었다.

"왔군."

정문 위 망루에서 유대웅 일행을 지켜보던 한 사내의 눈빛이 반짝거렸다.

외성의 수비를 담당하는 강첨(康僉)은 정무맹의 수뇌들의 골치를 썩이는 유대웅이 어떤 인물일까 무척이나 궁금해하며 일찍부터 기다린 참이었다.

"일러두었겠지?"

강첨이 곁에 있는 수하에게 물었다.

"예. 하지만 그리해도 되겠습니까? 상대는 단순히 화산파의 제자가 아닙니다."

"알아. 속가제자 주제에 배분이 꽤나 높다면서?"

"배분만 높은 게 아닙니다. 실력 또한……."

"됐어. 말썽을 일으킬 생각은 없어. 그냥 호기심일 뿐이다. 영감들을 그리 고민하게 만들 정도로 실력이 있는지도 궁금하고 말이야."

강첨은 별것 아니라는 듯 말했지만 그의 곁을 지키던 유기(劉驥)는 과거 화산파에서 벌어진 일을 떠올리며 불안감을 감추지 못했다.

'은검단과 노사들을 박살 낸 인물입니다. 괜한 행동이 어떤 사태를 일으킬지 모른다는 말이지요.'

말리고 싶은 마음이야 굴뚝같았지만 한번 결정을 내리며 그 어떤 말도 통하지 않는 강첨의 성격을 알기에 일찌감치 포기를 해버렸다.

"멈추시오."

유대웅은 자신들을 가로막는 사내들을 보며 미간을 찌푸렸다.

정문을 지나는 많은 사람이 있었음에도 유독 자신의 일행을 지목한 것이 영 마음에 걸렸다.

"무슨 일입니까?"

운종이 공손히 물었다.

"어디서 오신 분들이오?"

무리의 수장인 듯한 사내가 운종이 아닌 유대웅을 날카로운 눈빛으로 살피며 물었다.

"화산파의 운종이라 합니다. 그리고 이분은……."

"청풍이오."

유대웅이 운종의 말을 자르며 대답했다.

"아, 화산의 귀인들이시셨군요. 외성 정문의 수비 책임을 지닌 장초(張草)라고 합니다. 죄송합니다만 혹 신분을 증표할 만한 것이 있습니까? 요즘 들어 사사천교의 간자들로 인해 문제가 많아서 말입니다."

"증표라면 여기 있습니다."

운종은 화산파의 상징인 매화와 정무맹 장로의 지위를 나타내는 직인이 양각된 옥패를 꺼내 들었다.

화산을 떠나기 전 정무맹에서 장로직을 수행했던 청진자가 챙겨준 것이었다.

장초는 옥패를 받아 들고 요리조리 살피기 시작했다. 그리곤 곤란한 표정으로 성벽 위를 힐끔거렸다.

자신이 보기엔 운종이 내민 옥패는 진짜였다.

강첨의 명대로 뭔가 트집을 잡아보고 싶었지만 이유가 없었다.

무엇보다 정당한 이유 없이 화산파를 건드리고 싶지가 않았다.

몰락했느지 어쨌느니 해도 누가 뭐라 해도 화산파. 괜시리 밉보여서 좋을 것은 없는 것이다.

그러나 강첨의 살벌한 눈빛을 접하자 그런 생각은 순식간에 사라졌다.

'젠장할!'

화산파고 뭐고 당장 명을 따르지 않으면 강첨에게 얼마나 시달릴지 상상이 가지 않았다.

"흠, 진짜인지 위조를 한 것인지 쉽게 판단이 서지 않는군요. 방금 전에도 말씀드렸다시피 요즘 들어 사사천교의 간자들이 워낙 극성을 부려서 말이지요. 증표를 확실히 식별할 수 있는 자가 올 때까지 잠시 기다려 주시겠습니까?"

장초의 태도나 어투는 예의를 잃지 않았고 나름 정중한 듯 보였다.

하지만 유대웅은 증표를 확인한 장초가 불안한 눈빛으로 성벽 위를 힐끔거릴 때부터 뭔가 수상쩍은 의도가 있다는 느낌을 받았다.

느낌은 진짜인 증표를 가지고 위조 운운하는 순간 확신이 되었다.

문득 처음 화산파에 도착했을 때의 일이 떠올랐다.

절로 한숨이 흘러나왔다.

화산파의 위상이 얼마나 추락을 했으면 일개 정문을 지키는 자마저 모욕을 줄 생각을 한단 말인가.

"누구냐?"

"예?"

장초는 유대웅의 갑작스런 질문에 당황한 기색으로 되물었다.

"이 증표가 진짜라는 것을 알면서도 일부러 길을 막도록 시킨 자가 누구냐고 물었다."

"그, 그럴 리가 있겠습니까?"

장초가 이마에 흐르는 땀을 닦으며 고개를 흔들었다.

유대웅의 입가에 차가운 조소가 흘렀다.

"화산을 너무 무시하는군."

어느새 운종이 들고 있던 증표를 손에 쥔 유대웅이 그것을 성벽 위로 던졌다.

유대웅의 힘이 한껏 실린 증표는 앞쪽으로 약간 튀어나온 성벽의 난간을 박살 내며 강첨에게 향했다.

화들짝 놀란 강첨이 이화접목의 수법으로 증표를 낚아채려 하였으나 그럴 필요가 없었다. 증표에 실렸던 힘이 이미 사라졌기 때문이었다.

강첨은 단단한 성벽의 난간을 박살 내고도 흠집 하나 없는 증표를 보며 침을 꿀꺽 삼켰다.

자신도 모르게 유기를 바라보았다.

유기는 하얗게 질린 얼굴을 하고 필사적으로 고개를 흔들었다.

"아, 아무래도 그렇겠지?"

어색한 웃음을 지은 강첨의 고개가 성벽 아래로 향할 때 유대웅의 묵직한 음성이 들려왔다.

"마지막으로 묻겠다. 증표는 진품인가?"

유대웅의 목소리에서 괜히 머뭇거렸다가 무슨 일을 당할지 모른다고 위기를 느낀 강첨이 얼른 대답을 했다.

"진품이 확실하오. 어서 길을 열어라."

강첨이 장초를 보며 소리쳤다.

그렇잖아도 갑자기 돌변한 유대웅의 태도에 식은땀을 흘리고 있던 장초는 강첨의 명에 내심 환호성을 내지르며 자신이 할 수 있는 최대한의 예를 차리며 뒤로 물러났다.

"안내하겠습니다."

어느새 성벽 밑으로 내려온 유기가 허리를 납작 숙이며 말했다.

"그럴 필요까지는……."

유기의 호의를 거절하려던 유대웅이 갑자기 말문을 닫았다. 그리곤 호기심 가득한 눈빛으로 유기의 전신을 훑었다.

'호오. 상당한 실력을 지녔다. 이만한 실력자가 고작 성문을 지키는 문지기에 불과한단 말인가? 그것도 책임자는 아닌 것 같은데.'

유기는 자신의 실력을 철저하게 감추고 싶었던 모양이었지만 유대웅의 날카로운 이목을 피할 수는 없었다.

"이름을 물어도 되겠소?"

"유기라 합니다. 외성수비대의 강첨 대장을 보필하고 있지요."

"저들에게 쓸데없는 짓을 명한 사람이 외성수비대장이
오?"

"아, 악의가 있어서 그런 것은 아닙니다. 다만 저희 대장이
워낙 호기심이 많아서 말이지요. 윗전들의 심기를 곤란케 하
는 청풍 도장님이 어떤 분인지 확인하고 싶으셨다고……."

유기는 유대웅의 눈치를 살피며 말끝을 흐렸다.

쓴웃음을 지은 유대웅은 말했다.

"앞으로 그런 궁금증은 직접 풀라고 전하시오. 애꿎은 수
하들 잡지 말고."

성벽 위에서 가만히 듣고 있던 강첨이 얼굴을 붉혔다.

"그리고 내게 도장이라는 말은 어울리지 않으니 호칭을 바
꿔줬으면 좋겠소. 사부님께 청풍이란 도호를 받기는 하였으
나 어디까지나 속가제자이니."

"알겠습니다. 청풍 도, 아, 아니. 공자님. 저, 공자님이란 호
칭은 괜찮겠습니까?"

"공자라… 뭐, 편한 대로 부드로록 하시오. 아무튼 안내를
해준다니 신세를 좀 지겠소."

그다지 내키진 않았지만 유대웅은 유기의 호의를 받아들
이기로 결정했다.

화산파의 위상이 땅에 떨어진 또다시 번거로운 일이 벌어

지지 말라는 보장은 없었고 그때마다 충돌을 하는 것보다는 차라리 유기의 안내를 받는 것이 낫다고 판단한 것이다.

"자, 가시지요."

유기가 앞장서 걸음을 내딛자 유대웅과 일행이 그 뒤를 따랐다.

외성과 내성 사이에 수많은 건물이 촘촘히 늘어서 있었지만 외성과 내성을 관통하는 대로가 일직선으로 뻗어 있었기 때문에 문제될 것은 없었다.

비교적 출입이 자유로웠던 외성의 정문과는 달리 내성의 정문은 상당히 엄격히 관리가 되었다.

출입하는 모든 이의 신분을 철저하게 확인하는 것은 물론이었고 심지어는 짐까지 확인하는 경우도 있었다. 물론 유기의 안내를 받은 유대웅 등은 그런 복잡한 절차를 거치지 않아도 되었다.

유기의 안내를 받지 않았다면 또다시 귀찮은 일을 당했을 터. 유대웅은 자신의 탁월한 결정에 흡족해했다.

내성의 정문을 지나자 곧바로 거대한 연무장이 모습을 드러냈다.

북적거리는 외성과는 대비되는 모습에 비로소 정무맹에 도착했다는 느낌을 받았다.

연무장 한쪽에서 훈련을 하는 이들이 있었는데 그 태도며

열의가 얼마나 뜨거운지 멀리서도 느낄 수 있을 정도였다.

"대단하군."

"내성 수비대입니다. 맹주님이나 여러 장로, 호법들이 아니라 오직 정무맹 그 자체에 충성을 하는, 나름 최정예라 자부하는 자들이지요."

유대웅이 이해를 하지 못하겠다는 듯 바라보자 유기의 설명이 이어졌다.

"아시다시피 정무맹은 여러 문파의 연합체입니다. 맹주님의 임기 또한 오 년에 불과하지요. 더불어 각 전투단에 속한 이들 또한 매년 상당한 물갈이를 합니다. 하지만 정무맹엔 오랜 시간이 흘러도 변하지 않는 조직과 이에 속한 이들이 있습니다. 대표적으로 감찰단과 집법당이 있습니다. 이들은 그 누구의 명도 받지 않고 그저 묵묵히 자신들의 임무에 충실합니다."

"맹주의 명도 받지 않소?"

"참고는 합니다만 직접적으로 명령을 받지는 않습니다. 두 조직에 직접적인 명령을 내릴 수 있는 것은 의령회의의 결정뿐입니다."

"놀랍군."

"투밀원도 있습니다. 다만 그들의 특성상 맹주님과 핵심 실권자들에 어느 정도는 휘둘리기는 합니다. 그래도 투밀원을 확실히 장악하고 명을 내릴 수 있는 사람은 투밀원주와 군사님뿐이지요."

"군사도 독립되어 있소?"

"그렇습니다. 군사는 전임 군사의 추천과 의령회의에서의 동의로 임명이 됩니다. 한번 임명이 되면 결정적인 잘못이 없는 한 계속 유지되기는 하는데 의외로 수명이 길지는 못하더군요."

"어째서 그렇소?"

흥미롭게 이야기를 듣던 추뢰가 얼른 물었다.

"스스로 뛰어남을 자부하기에 자신을 뛰어넘는 사람이 보이면 미련없이 군사직을 넘기기 때문입니다."

"허!"

유대웅은 놀라움을 감추지 못했다.

사람의 욕심이라는 것이, 특히 정무맹처럼 거대한 집단에서 권력의 힘을 맛본 사람이 그 권력을 포기한다는 것이 말처럼 쉽지 않다는 것을 너무도 잘 알고 있기 때문이었다.

"그리고 정무맹의 재물을 비롯하여 모든 잡다한 일을 처리하는 총관부, 내성과 외성을 수비하는 수비대가 각 문파의 이익과 힘겨루기 등에 벗어나 있는 조직이라 할 수 있습니다."

"흠, 말처럼 쉽지는 않을 것 같소."

"예. 늘 온갖 압력과 회유에 노출되어 있지요. 그래도 지금까지는 큰 문제없이 꿋꿋하게 버티고 있습니다. 저희에겐 송운 노사(松雲老師)께서 계시니까요."

유기의 말에는 자부심이 가득했다.

"송운 노사라면 무림십강의……."

"그렇습니다. 전, 전대 집법당주이시자 우리들의 정신적인 지주시지요. 비록 일선에선 물러나셨지만 그분이 계시기에 그 누구도 우리에게 함부로 할 수 없는 것입니다."

유기의 눈에서 절대적인 존경과 충성심을 읽은 유대웅은 송운 노사의 인물됨을 익히 짐작할 수 있었다.

"아, 그런데 어디로 가실 생각입니까? 맹주님을 뵐 생각이면 정심각(定心閣)에 머무시면서 연통을 넣으셔야 합니다."

"그다지 만나고 싶지는 않은데 그래도 예의라는 것이 있으니 일단 뵈어야겠지. 정심각으로 갑시다."

"알겠습니다."

유기가 잠시 멈춰졌던 걸음을 옮겼다.

뒤따르던 유대웅이 문득 생각난 듯 물었다.

"그런데 묵검삼대는 어디에 묵고 있소?"

"묵검삼대라면… 아, 화산파의 제자들이 지내는 곳 말씀이 군요."

"그렇소."

"묵검단은 내성 좌측에 그 숙소가 있습니다."

유대웅과 추뢰, 운종 등이 왼편으로 고개를 돌리자 유기가
웃으며 말했다.

"건물에 가려서 보이지 않습니다. 그나저나 괜찮을지 모르
겠군요. 지난밤에 아주 난리가 아니었다던데."

유대웅의 눈빛이 번뜩였다.

"무슨 큰 문제라도 있었소?"

"크게 걱정할 일은 아니었지만 그래도 문제라면 문제였지
요. 묵검삼대가 모조리 토사곽란을 일으켰다고 하니까."

"토사곽란이란 말이오?"

"예. 그 때문에 다들 초죽음이 되었다고 하더군요. 활인당
에서 치료를 하려고 하였으나 잘 듣지 않았다는 말도 있고
요."

"원인은 알아냈소? 그들 모두가 그리되었다면 무슨 이유가
있었을 것 아니오?"

"정확히 알지는 못합니다만 흘러나오는 얘기론 음식에 이
상이 있었다고 하더군요."

유대웅이 미간을 찌푸리며 물었다.

"독이나 다른 이유는 없었소?"

"그건 잘 모르겠습니다."

"음……."

유대웅의 안색이 어두워지자 유기가 약간은 밝은 음성으

로 말을 이었다.

"그래도 당가에서 얻어온 환약이 상당한 효과가 있었다고 하니 너무 걱정하지 마십시오. 최고의 의원들이 모여 있는 활인당에서 전력을 다하고 있으니 금방 완쾌가 될 것입니다."

"당… 가? 지금 당가로 하셨소?"

"예. 당가라 하였습니다."

뭔가가 이상했다.

'일반인도 아닌 이들이 그토록 고생을 할 정도라면 음식에 정말로 심각한 문제가 있다는 말이다. 하나, 영영 같은 아이가 음식에 이상이 있다는 것을 모를 리가 없다. 더구나 의원들이 치료를 제대로 못하는 것을 당가에서 치료했다는 것도 이상하고. 독이라면 모를까. 독?'

문득 당학운과 처음 만난 후, 그가 은밀히 살포한 선물(?) 덕에 토사곽란으로 죽을 고생을 한 경험을 떠올랐다.

"지금 당가를 이끌고 이곳에 계시는 분이 혹 당학운 어르신이 아니시오?"

"맞습니다."

"음……."

유대웅의 입에서 침음이 흘러나왔다.

그림이 그려지기 시작했다.

'내 생각이 맞다면 묵검삼대는 음식이 아니라 독에 당했

다. 그것도 당가의 독에. 하지만 왜?'

깊이 생각할 것도 없었다.

'정무맹이라면 내가 오는 것을 알고 있을 터. 당학운 어르신이 묵검삼대에게 독을 썼다는 것은 그들을 해하려는 것이 아니라 이곳에 주저앉혀 보호하려는 것. 그분께서 그렇게까지 해야 할 정도라면 이유는 하나군.'

유대웅이 입술을 꽉 깨물며 물었다.

"하나만 더 묻겠소. 혹여 묵검삼대에게 어떤 임무나 명령이 떨어진 것이 있소?"

"임무요? 아! 사사천교를 치기 위해 이동명령을 받았다는 말이 있기는 합니다. 그런데 저도 얼핏 전해들은 것이라 확실하지는 않습니다."

"확실할 거요. 그리고 또 있소."

"예?"

"그들에게 우리는 확실히 불청객이라는 것."

유대웅이 차디찬 미소를 지으며 말했다.

그 웃음에 흠칫 놀란 유기가 자신도 모르게 뒷걸음질 쳤다.

"갑시다."

"예? 아, 예."

퍼뜩 정신을 차리고 애써 민망함을 숨기고 걸음을 옮기는 유기의 전신엔 소름이 가득 돋아 있었다.

　　　　　*　　　　　*　　　　　*

　"그럼 그렇게 결정하는 것으로 이번 회의는 마무리를 짓겠습니다."

　정무맹주가 칠인회의의 종료를 알렸다.

　평소와는 달리 다룰 안건이 많았기에 서로의 의견을 조율하느라 상당한 심력을 소모한 이들은 무척이나 지친 표정이었다.

　회의가 끝났음을 알리는 것과 동시에 간단히 차린 다과상이 들어왔다.

　수뇌들이 담소를 나누며 차와 다과를 들고 있을 때 수하에게 귓속말로 보고를 받던 모용인이 차분한 음성으로 입을 열었다.

　"그가 도착했다고 합니다."

　순간, 모든 대화가 일시에 멈춰지고 시선이 모용인에게 모아졌다.

　"그라면 화산파의 청풍?"

　광현 진인이 인상을 찌푸리며 물었다.

　"그렇습니다."

　"어디에 도착했다는 것인가?"

광현 진인과 함께 여러 장로를 대표해 회의에 참석한 남궁 창이 들고 있던 찻잔을 가만히 내려놓으며 물었다.

"외성을 지나 이미 내성에 도착했다고 합니다."

"별 문제는 없었고?"

"외성에서 살짝 실랑이가 있었던 것 같습니다만 외성의 수비를 책임지고 있는 강첨 대장이 곧바로 실수를 인정하고 수하인 유기로 하여금 그들을 안내케 했다는군요."

"음. 강첨이라면 성격이 괴팍하고 고집스런 그 친구를 말하는 것이군. 한데 그가 그렇게 쉽게 굴복했단 말인가?"

"괴팍하고 고집이 셀지는 몰라도 상황 판단은 누구보다 빠릅니다. 강첨 대장이 사과를 하고 충돌을 피했을 정도면 청풍 도장은 우리 모두의 생각보다 더 뛰어난 인물일 수도 있습니다."

"뛰어나 봐야 거기서 거기겠지."

유대웅, 아니, 정확하게는 화산파에 반감이 큰 이적이 코웃음을 쳤다.

"유기가 안내를 했다면 지금쯤이면 정심각에 도착해 있겠군."

정무맹주의 말에 이적이 못마땅한 표정으로 물었다.

"바로 만나실 생각입니까?"

"이제 겨우 회의가 끝났습니다. 어제부터 무리를 좀 했더니 피곤하군요. 이 자리가 그렇지 않다는 것은 알지만 그래도 좀 쉬어야겠습니다."

정무맹주의 의중을 간파한 이적이 크게 웃으며 고개를 끄덕였다.

"아무렴요. 그 자리가 어중이떠중이나 만나라고 있는 한가한 자리는 아니지요."

"명색이 화산파의 대표입니다. 그건 화산파에 대한 예의가 아닌 것 같습니다만."

태청문(太靑門)의 설추건(雪趨健)이 이적의 태도에 반감을 드러내며 말했다.

이적과 함께 호법들의 대표로 칠인회의에 참석하는 설추건은 호법들 사이에서 상당한 신망을 얻는 인물로 구파일방이나 오대세가에 대항하는 중도파의 대표라 할 수 있었다.

"커흠. 아무렴요. 설마하니 제가 화산파를 무시하겠습니까? 다만 약간의 휴식이 필요하다는 것이지요."

"맹주님께 드린 말씀은 아닙니다. 이 호법께서 말이 조금 지나치신 것 같아서 그런 것입니다."

"압니다. 그런데 생각해 보니 설 호법님처럼 오해를 하실 분들이 계실 것 같군요. 안 되겠습니다. 휴식을 조금 뒤로 미루더라도 그와 바로 만나야겠군요."

정무맹주가 어색한 웃음을 지으며 말했다.

"나쁘지 않을 것 같군요. 기왕 말이 나온 김에 이곳으로 부르는 것이 어떻겠습니까? 다 같이 만나보는 것도 좋을 듯싶습니다."

광현 진인의 말에 남궁창이 맞장구를 쳤다.

"화산파에서 새로운 신성이 배출된 것 같은데 저도 보고 만나보고 싶군요."

고개를 끄덕인 정무맹주가 모용인에게 고개를 돌렸다.

"이보게, 군사."

"예. 맹주님."

"지금 즉시 정심각에 연락을 취해보게. 모두 그를 궁금해하는군."

정무맹주는 그야말로 큰 선심이라도 쓴다는 표정이었다. 한데 모용인의 입에선 실로 뜻밖의 대답이 흘러나왔다.

"당장은 힘들 것 같습니다."

"무슨 소린가?"

"그는 정심각으로 가지 않았습니다."

"정심각으로 가지 않아? 하면 어디로 갔단 말인가?"

부드러웠던 정무맹주의 표정이 살짝 굳었다.

"묵검단의 숙소로 갔다고 합니다. 아마도 묵검삼대에 속해 있는 화산파 제자들을 만나러 간 것 같습니다."

"묵검… 삼대? 심정은 이해가 가지만 조금 심하군."

정무맹주의 얼굴에 불쾌감이 가득했다.

"심한 정도가 아닙니다. 무례도 이런 무례는 없지요. 아무리 사문의 일이 중요하다고는 해도 정무맹입니다. 제 놈이 화산파의 대표로 정무맹에 도착을 했으면 의당 맹주님을 찾아뵙고 인사를 드렸어야지요."

분기탱천한 이적이 씩씩거리며 소리쳤다.

"음……."

이적과 대척점에 있는, 나름 화산파에 호의적이었던 설추건도 눈살을 찌푸리며 입을 다물었다.

"참으로 흥미로운 친구군요. 무모한 것인지 대범한 것인지. 어쩌면 아직 어려서 세상물정을 몰라서 그런 것일 수도 있겠고요."

남궁창은 지금의 상황이 화가 나기보다는 무척이나 재밌다고 여기고 있었다.

광현 진인의 표정도 그리 어둡지는 않았다.

청풍이 말썽을 피우면 정무맹에서 화산파의 입지는 그만큼 약해질 터였다.

"그거야 직접 확인해 보면 알겠지요. 이러면 어떨까요, 맹주님?"

"좋은 생각이라도 있으십니까?"

"만나러 오지 않으면 직접 만나러 가는 것도 괜찮지 않겠습니까? 얼마나 대단한 인물이기에 이렇듯 대놓고 정무맹을 무시하는 것인지 알아도 볼 겸."

광현 진인의 말에 처음엔 언짢은 표정을 짓던 정무맹주는 말속에 담긴 진의를 이내 깨닫고는 활짝 웃었다.

"그것도 괜찮을 것 같습니다. 아, 그러고 보니 묵검삼대에도 문제가 있다고 하더군요. 그들을 위로도 할 겸 말이지요."

가시가 잔뜩 돋아나 있는 정무맹주의 말에 설추건의 눈빛이 살짝 흔들렸다.

'쯧쯧, 큰 실수를 했어. 그렇잖아도 꼬투리만 찾고 있던 이들이건만······.'

*　　　*　　　*

영롱한 새소리, 부드럽게 흐르는 물소리, 솔잎 사이를 간질이는 바람 소리가 한데 어울려 노는 청송거(靑松居)에 두 노인이 마주 앉아 차를 마시고 있었다.

왼쪽에 앉은 계피학발(鷄皮鶴髮)의 노인은 청송거의 주인이자 정무맹의 살아 있는 전설 송운 노사 영호은(令狐誾)이었고 맞은편에 앉은 남루한 복색의 인물은 개방의 큰 어른 삼불신개(三不神丐)였다.

개방 장문인의 사백으로서 평소 세 가지 일만은 하지 않았

다는 데에서 삼불이란 별칭이 생겼는데 그 세 가지란 다음과
같았다.

첫째, 여자와 싸우지 않는다.

둘째, 살인을 하지 않는다.

셋째, 술을 마시지 않는다.

여자와 싸우지 않고 사람을 죽이지 않는다는 말에 고개를
끄덕이던 사람들도 술을 마시지 않는다는 것엔 다들 의아함
을 감추지 못했다.

개방의 제자들 중 술을 마시지 않는 이를 찾아보기가 힘들
었고 무엇보다 개방의 무공 중 술과 관련된 무공이 상당했기
때문이었다.

그러나 삼불신개는 평생 동안 자신의 원칙을 지켰다. 그리
곤 막강한 무공과 종잡을 수 없는 행동, 괴팍한 성격 등으로
명성을 떨치며 무림십강에 당당히 그 이름을 올렸다.

"왔다는군요."

찻잔에서 퍼지는 독특한 향기를 음미하던 영호은이 감았
던 눈을 천천히 뜨며 말했다.

"누구? 청풍."

"예."

"올 때가 되긴 됐지. 그래서? 머리에 똥만 찬 놈들은 어찌
하고 있다나?"

"그 아이를 만나기 위해 직접 움직인 모양입니다."

순간, 찻잔을 들던 삼불신개가 깜짝 놀란 얼굴로 영호은을 바라보았다.

"도착하자마자 정무맹주가 아니라 화산파 아이들을 만나기 위해 움직였다고 하는군요."

"큭큭! 한 방 제대로 맞았군. 당연히 제 놈들 먼저 찾아올 줄 알았을 테니 말이야."

"원래는 그러려고 한 모양인데 이런저런 소문에 화산파 아이들의 건강에 문제가 생겼다는 것을 알고는 그쪽으로 방향을 튼 모양입니다."

"소문? 아! 그거. 소문은 무슨 소문. 사실이지. 좌우지간 여러 놈이 모여서 생각한다는 것이 어째 이 벼룩만큼도 속이 넓지 못할꼬."

유대웅과 화산파의 제자들을 만나지 못하게 하기 위해 의령회의에서 어떤 결정을 내렸는지 속속들이 알고 있던 삼불신개는 가소롭지도 않다는 표정으로 때가 덕지덕지 낀 팔뚝을 북북 긁어댔다.

"그만큼 문제가 많다는 것이겠지요."

"아무렴. 자고로 고인 물은 썩게 마련인 법인데 고여도 너무 오랫동안 고였어. 이런 상태론 앞으로 다가올 미증유의 위기에 제대로 대처할 수가 없어."

"장군가 말입니까?"

"굳이 장군가가 아니더라도 이번에 사사천교를 상대하는 것만 봐도 알 수 있잖아. 전력을 다했다면 끝내도 한참 전에 끝날 싸움이었건만 온갖 이합집산에 서로의 이득을 위해 암중으로 다투기만 하고 눈치를 보고 있으니 이리 질질 끌게 되는 것이지. 그 과정에서 애꿏은 아이들만 피를 흘리고 있고."

답답함을 참지 못한 삼불신개는 뜨거움도 아랑곳하지 않고 단숨에 차를 들이켰다.

"문제는 쉽게 고칠 수가 없다는 것이지요. 그만큼 기득권의 세력이 막강하는 말도 되겠고요."

"당장 어쩔 수 없다는 것은 이 늙은이도 알아. 다만 조그만 변화의 계기라도 있었으면 하는 것이지."

"그 친구가 할 수 있다고 보십니까?"

"물론."

"그렇잖아도 미움을 받는 화산파입니다. 견제가 만만치 않을 겁니다."

영호은은 다소 회의적인 모습이었다.

"다른 놈도 아니고 말코의 제자야. 자네도 말코가 얼마나 오만한지 알잖아. 그 정도 견제도 뚫지 못할 놈을 제자로 들이지 않았을 거야."

"검선 선배의 제자라는 것에 믿음이 가기는 하지만……."

"애당초 그런 기대가 없었다면 여기에 오지도 않았어. 게다가 나와 자네의 힘까지 더해지면 썩을 대로 썩어버린 정무맹에도 커다란 변화의 바람을 몰고 올 수도 있을 게야."

"그렇다면 다행입니다만."

영호은이 힘없이 웃었다.

"자, 이럴 게 아니라 일어나지."

"예?"

영호은의 반문에 삼불신개가 장난기 가득한 눈으로 대답했다.

"우리의 불청객이 얼마나 활약을 하는지 지켜봐야 하잖아."

第九章
무력시위(武力示威)

유대웅 일행을 안내하던 유기의 발걸음이 한 막사 앞에서
멈춰졌다.

"이곳이 묵검삼대가 머무는 곳입니다."

"고맙군."

살짝 고개를 까딱이며 인사를 한 유대웅이 아무런 망설임
도 없이 막사 안으로 들어섰다.

막사 안은 무척이나 분주했는데 지난밤부터 토사곽란에
시달린 묵검삼대는 침상에 누워 있었고 그들을 치료하기 위
해 활인당에서 나온 의원들이 바쁘게 움직이고 있었다.

"누구요? 아직 이곳에 들어오면 안 되오."

한 대원의 팔에 시침을 하던 의원이 문 쪽의 인기척에 신경
질적으로 소리쳤다.

토사곽란의 원인이 음식 때문이라 추측은 하고 있었으나
말 그대로 추측일 뿐 정확히 원인이 규명된 것은 아니었다.
전염성이 없다고 장담할 수도 없는 상황인지라 조심하지 않
을 수 없었다.

유대웅은 개의치 않고 막사 안으로 들어섰다.

"안 된다고 하지 않소."

침상에서 재빨리 내려온 의원이 유대웅의 앞을 가로막고
섰다.

"아, 괜찮습니다."

유기가 얼른 나서서 의원의 팔을 잡았다.

"괜찮긴 뭐가 괜찮다는 것이오. 어서 나가시오."

"외성수비대에서 왔습니다."

"그건 내 알 바 아니고 어서 나가시오. 잘못하면 전염이 될
수도 있소."

전염병 운운하며 의원이 계속해서 화를 내자 유기도 당황
하는 기색이 역력했다.

막사 입구에서 벌어진 소란에 모든 이가 시선이 집중됐다.
그들은 가뜩이나 당가와의 접촉으로 예민해진 활인당의 의원

들을 누가 건드리나 궁금해하는 표정이었다.

가장 먼저 시선에 들어온 사람은 막사 안이 꽉 찰 정도로 커다란 덩치를 지닌 유대웅이었다. 그리고 그 뒤에서 고개를 빼꼼히 내밀고 있는 사람. 운종이었다.

"사형!"

가장 먼저 운종을 알아본 운격이 벌떡 일어나며 소리쳤다.

그제야 운종을 알아본 사형제들이 너 나 할 것 없이 운종을 불렀다.

"사제!"

"사형!"

운종은 사형제들의 얼굴을 일일이 살피며 감격 어린 표정을 지었다. 마지막으로 영영에게 시선이 닿자 얼른 허리를 숙였다.

"제자 운종. 사고를 뵙습니다."

"오랜만이에요."

영영의 표정이 환한 것이 그녀 역시 본산에서 온 운종이 무척이나 반가운 모습이었다.

"오셨군요."

영영이 유대웅에게 예를 표했다.

과거 산에서 보았을 때보다 수척해진 모습에 짠한 마음이 들었던 유대웅이 그녀의 머리를 가볍게 쓰다듬었다.

"고생 많았다."

유대웅의 행동을 지켜보던 이들 모두 두 눈을 부릅떴다.

화산파의 제자들은 물론이고 묵검삼대 동료들의 표정 또한 가관이었다.

빙매화 영영의 머리를 쓰다듬을 수 있는 사람이 있다는 것을 도저히 믿을 수 없다는 표정이었다.

"사형. 청풍 사숙조님이십니다."

운종이 운산에게 넌지시 일렀다.

깜짝 놀란 운산이 황급히 예를 차렸다.

"제자 운산. 사숙조님을 뵙습니다."

그제야 눈앞의 인물이 누구인지 파악한 화산파의 제자들이 허둥지둥 예를 올렸다.

"사숙조님을 뵙습니다."

방금 전까지 침상에 누워 전전긍긍하던 이들의 목소리라곤 생각지 못할 만큼 우렁찼다.

"반갑다. 청풍이다."

유대웅은 화산파 제자들과 일일이 눈을 마주치며 반가움을 표시했다.

유대웅과 화산파 제자들이 인사를 마치자 영영이 다소 어정쩡한 자세로 서 있는 도진을 가리키며 말했다.

"묵검삼대의 대주예요."

"반갑습니다. 청풍입니다."

"도, 도진이라 합니다."

평소 강심장을 자랑하는 것과는 달리 인사를 하는 도진의 음성이 살짝 떨렸다.

"제자들이 많은 신세를 지고 있다고 들었습니다."

"신세라니요. 신세라면 오히려 제가 지고 있지요."

도진이 당치도 않다는 표정으로 말했다.

전원이 매화검수로 이뤄진 화산파의 제자들은 묵검삼대에서 핵심적인 전력이었고 거기에 영영의 무위는 가히 일당백이었다. 사사천교와의 치열한 싸움에서 지금껏 묵검삼대가 가장 적은 피해를 입은 것도 그녀 덕이라 해도 과언은 아니었다.

유대웅이 도진을 비롯하여 묵검삼대 대원들과 인사를 나누고 있을 때 막사의 문이 열리고 또 한 무리의 사람이 들어섰다.

처음 유대웅을 제지했던 의원은 자꾸만 외부 사람이 들어오는 것이 못마땅해 잔뜩 인상을 찌푸렸지만 이내 표정을 바꿔야만 했다. 막사에 들어선 사람이 다른 누구도 아닌 당학운이었기 때문이었다.

"오, 오셨습니까?"

의원이 당황한 얼굴로 인사를 했다.

"고생이 많군. 아, 사과를 하는 게 우선이겠군."

"에?"

"저들이 활인당의 치료를 받고 있는 것을 알면서도 본의 아니게 끼어들게 되어 미안하단 말이네."

"아, 아닙니다."

"아닐세. 송 장로에게 양해를 구하긴 했지만 일선에서 고생하는 자네들에게 의당 사과를 해야지. 화산파와 노부가 인연이 좀 있는 관계로 끼어들었네. 이해해 주게."

그냥 무시를 한다고 해도 끽 소리도 못할 처지였건만 당학운이 많은 사람 앞에서 정중히 사과를 하며 체면을 세워주자 활인당의 의원들은 당학운의 배려에 고마워했다.

"별말씀을 다 하십니다. 호법님 덕분에 상세가 한결 좋아졌습니다. 치료야 누가 하면 어떻겠습니까? 환자가 우선이지요."

"그리 생각해 준다니 고맙군."

가볍게 고개를 끄덕이는 것으로 의원들과의 인사를 마친 당학운은 막사에 들어서는 순간부터 눈빛을 교환하고 밝은 웃음을 지으며 자신을 기다리고 있는 유대웅에게 걸어갔다.

"오랜만에 뵙습니다, 어르신."

"오랜만이네."

"정무맹에 계실 줄은 몰랐습니다. 시간이 꽤나 흘렀는데요."

"그러게. 노부도 이렇게 오랫동안 지체할 줄은 몰랐다네. 그래도 어쩌겠나? 이렇게라도 빌붙어 있어야지."

당학운은 정무맹에서 자꾸만 소외되는 당가의 상황을 생각하며 쓴웃음을 지었다.

"제자들의 병을 치료해 주셨다는 말을 들었습니다. 늘 신세만 지는군요."

감사의 말을 하는 유대웅의 눈빛이 의미심장했다.

당학운은 유대웅이 자신이 독을 살포했다는 것을 알고 있음을 확인하곤 빙그레 미소를 지었다. 과거 유대웅과 그의 수하들에게 똑같은 독을 선물로 주었음을 상기한 것이다.

"다행히 효과가 있었다네. 활인당의 의원들이 초반 치료를 잘한 덕분이기도 하지. 감사를 하려면 의원들에게 하게."

당학운은 모든 공을 활인당의 의원들에게 돌리며 유대웅만이 눈치를 챌 수 있을 정도로 미세하게 눈짓을 보내왔다.

"아무렴요. 당연히 감사를 드려야지요."

유대웅이 덩치에 어울리지 않게 호들갑을 떨며 의원들에게 일일이 감사를 표했다.

사실상 자신들이 한 일이라곤 음식이 원인일 것 같다는 막연한 추측과 탈수를 막기 위한 약재를 처방한 것뿐이었던 의원들은 유대웅의 감사 인사에 기꺼워하면서도 어딘지 모르게 어색한 표정을 짓고 있었다.

유대웅이 인사를 마치기를 기다렸던 당학운이 입을 열었다.

"화산을 지키던 병력이 철수한 것으로 아네. 상황이 좋지 못할 것인데 이렇게 자리를 비워도 되겠는가?"

"조치는 취해두었습니다. 그리고 본 문에 이곳의 일만큼 급한 사안도 없습니다."

당학운이 화산파 제자들을 둘러보며 고개를 끄덕였다.

"그렇지. 급한 일이지. 하지만 쉽게 해결할 수도 없는 일이지."

"알고 있습니다. 그래도 해야 되는 일이지요."

유대웅의 표정이 사뭇 진지해졌다.

"어르신께선 제가 어떤 의도로 이곳에 온 것인지 알고 계실 겁니다."

"짐작은 하고 있다네."

"한데 정무맹에서 이런 꼼수까지 동원할 줄은 몰랐습니다."

"꼼수라……. 명색이 정무맹의 호법으로서 할 말이 없군."

"그런 말씀은 마십시오. 어르신께서 어찌 하실 수 있는 상황이 아니라는 것은 잘 압니다. 지금껏 도와주신 것만으로도 고마울 뿐입니다."

유대웅은 독을 살포해 화산파 제자들을 정무맹에 주저앉

힌 것을 진심으로 고마워했다.

"아마도 이들의 병이 모두 나으면 다시금 명령이 떨어질 걸세. 그땐 어찌하려나?"

당학운이 조심스레 물었다.

화산파의 모든 제자가 긴장된 표정으로 유대웅을 주시했다.

오직 영영만이 유대웅이 무슨 대답을 할지 예상이 된다는 듯 태연한 표정이었다.

"그때까지 기다릴 생각도 없습니다. 어느 정도 몸을 추슬렀다고 생각하면 바로 데리고 갈 생각이니까요."

"······."

당학운이 두 눈을 휘둥그레 떴다.

"놀라신 모양이군요."

"놀랐지. 자네 지금 그 말이 뭘 의미하는 것인지 아는가?"

"압니다."

"자네의 독단적인 결정은 아니겠지?"

"하산을 하는 순간부터 정무맹에 관련된 모든 일은 제게 일임된 상태입니다."

"자네의 결정이 곧 화산파의 결정이 된다는 말이로군."

"그렇습니다. 그리고 누가 오더라도 지금의 상황을 보게 되면 같은 결정을 내리게 될 것입니다."

"음."

짧은 침음과 함께 당학운은 더 이상 할 말이 없다는 듯 입을 다물었다.

그가 유대웅에 대해 속속들이 아는 것은 아니지만 그간 어떤 과정을 겪으며 장강을 일통했는지 똑똑히 봐온 사람이었다.

그는 결코 한순간의 기분에 좌지우지되어 성급하게 일을 결정하는 인물은 아니었다.

"화산으로 돌아가는 건가요?"

영영이 물었다.

"그래. 돌아간다."

"저들이 쉽게 보내줄까요?"

영영이 조금은 걱정된다는 얼굴로 물었다.

"보내주지 않으면? 나는 화산과 문주에게 전권을 위임받아 너희를 데려가려고 왔다. 저들은 그걸 막을 권리가 없어."

유대웅이 막사 안에 있는 모든 이에게 선언하듯 말했다.

그 순간, 막사 밖에서 창노한 음성이 들려왔다.

"어림없는 소리!"

모든 이의 시선이 문으로 향했다.

가장 먼저 안으로 들어선 사람은 잔뜩 상기된 얼굴의 광현진인이었다.

뒤를 이어 남궁창과 정무맹주 등 칠인회의에 참석했던 이들과 그들의 움직임을 감지하고 따라나선 장로와 호법 들이 모습을 드러냈다.

"매, 맹주님을 뵙습니다."

묵검삼대를 비롯하여 그들을 치료하던 활인당의 의원들이 일제히 무릎을 꿇었다.

무릎을 꿇지 않은 사람은 당학운과 유대웅, 그리고 유대웅의 손에 팔을 잡힌 영영뿐이었다.

속마음이야 어쨌든 정무맹주가 넉넉한 웃음을 지으며 입을 열었다.

"허허허! 반갑소. 그대가 화산파에 온……."

"청풍이라고 합니다."

"속가제자라 들었는데 호칭을 어찌해야 할지 모르겠구려."

슬쩍 유대웅의 눈치를 살피는 정무맹주.

유대웅의 배분은 화산파는 물론이고 정무맹의 그 누구도 함부로 할 수 없을 정도로 높았다. 다만 유대웅이 직전제자가 아니라 속가제자인지라 예우하기가 다소 애매한 터. 무시는 하지 않되 가급적 최소한의 예우만을 하고 싶은 눈치였다.

유대웅은 그것을 알면서도 대수롭지 않게 넘어갔다.

"사부님께 도명을 받기는 하였으나 도적에 이름을 올린 것은 아니니 그냥 편하게 청풍이라 부르시면 됩니다."

"허허! 그렇소? 하면 청풍 공자라 부르리다."

정무맹주가 유대웅과의 관계를 최대한 부담없이 정립할 찰나 당학운이 슬그머니 끼어들었다.

"화산에서 전권을 위임받고 왔다고 하지 않았나? 하면 비어 있는 장로직을 당연히 계승해야지. 그건 누구도 부인하지 못하는 화산파와 자네의 권리일세."

"그런가요? 흠, 그렇기도 하겠군요. 맞습니까, 맹주님?"

유대웅이 능청스럽게 물었다.

"이, 일리가 있는 말이오. 생각해 보니 아무래도 공자라는 칭호보다는 청풍 장로라 칭하는 것이 맞을 듯싶소."

정무맹주가 겸연쩍은 얼굴로 고개를 끄덕일 때 이를 못마땅하게 바라보고 있던 광현 진인이 날선 공격을 해왔다.

"장로라면 그만한 책임과 의무가 있는 것. 한데 방금 전 애기를 들어보니 그대에겐 그런 생각 자체가 없는 것 같더군."

[무당의 광현 진인이에요.]

영영이 전음으로 광현 진인의 정체에 대해 알려왔다.

"광현 진인이시군요. 만나 뵙게 되어 영광입니다."

웃는 낯에 침을 뱉지 못한다고 유대웅이 정중히 예를 차리자 광현 진인도 함부로 대할 수가 없었다.

"험, 반갑군."

"한데 방금 전 하신 말씀은 이해하기가 힘들군요. 책임과 의무를 다할 생각이 없다고 하셨습니까?"

"틀린가? 조금 전 본의 아니게 당 호법과 나눈 얘기를 듣게 되었네. 제자들을 데리고 화산파로 돌아가겠다고?"

"그렇습니다."

"저들은 아직 돌아갈 시간이 되지 않았네. 의무 기간을 채우지 못했어."

광현 진인이 딱 잘라 말했다.

"화산에 어떤 위험에 처해 있는지 아시면서 그런 말씀을 하시는 겁니까?"

"물론 알고 있네. 그렇다고 원칙을 깰 수는 없지. 정무맹에서 지원병력을 대거 투입한 것도 그런 이유였고."

"그들은 돌아갔습니다."

"우리가 원한 것은 아니네. 화산파가 원한 것이 아닌가?"

"화산의 안위를 언제까지 외부에 맡길 수는 없는 노릇이니까요."

"그런 논리에 정무맹의 원칙이 깨져선 안 된다고 보네. 그리고 우리는 그 원칙을 지키기 위해 화산파에 할 수 있는 한 최선의 배려를 했어. 그것을 거절한 것은 분명 화산파고."

"그래서 이런 꼼수를 쓴 겁니까? 저와 제자들을 만나지 못하게 하기 위해서 복귀한 지 얼마 되지 않은 묵검삼대에게 새로운 명령을 내려 맹을 떠나도록 조치하셨더군요. 지금껏 이런 전례는 없던 것으로 아는데요."

유대웅의 힐난에 광현 진인의 언성이 높아졌다.

"함부로 말하지 말게. 꼼수라니! 사사천교의 위협에서 무림의 정의를 지키기 위해선 전례 따위는 중요치 않은 법이네."

"우습군요. 전례는 중요치 않다면서 예외 없는 원칙을 주장하다니 말입니다."

유대웅이 노골적으로 비웃음을 흘리자 평소엔 광현 진인과 상당한 알력이 있던 남궁창까지 불쾌한 표정을 지으며 말했다.

"말이 심하군. 화산파 제자들을 돌려보낼 수 없다는 것은 광현 진인의 생각이 아니라 의령회의에서 결정된 사안이네. 우리 모두의 생각이 그렇다는 것이야."

이적이 한마디 거들었다.

"의령회의에선 원칙을 수호하기로 했지. 모두를 위한 원칙은 몇몇 개인이나 문파 따위가 함부로 깨서는 안 된다는 것을 천명한 셈이라고나 할까. 의령회의 결정은 그 누구도 거부할 수 없는 절대적인 것."

막사안의 공기가 싸늘하게 식었다.

당학운은 분위기가 좋지 않게 돌아간다고 느끼며 한숨을

내쉬었다.

유대웅은 이런 식으로 압박을 해봐야 통할 상대가 아니었다. 오히려 더욱 강한 반발을 불러올 터였다.

유대웅이 어찌할 바를 모르고 가만히 숨죽이고 있는 화산파 제자들을 둘러보며 입을 열었다.

"모두의 생각이 중요한 것은 아니지요. 중요한 것은 우리들의 생각입니다."

"무슨 소리를……."

"화산파의 일은 화산파가 결정한다는 말입니다."

"의령회의의 결정은 절대적이다."

이적이 당황하여 소리쳤다.

"거부합니다."

"뭐, 뭐라!"

너무 어이가 없는지 이적이 말을 잇지 못할 때 설추건이 굳은 얼굴로 물었다.

"어떤 의도를 가지고 하는 말인가?"

"간단합니다. 화산파는 이제 정무맹에서 철수합니다."

"자, 자네……."

정무맹주의 두 눈이 부릅떠졌다.

"이해하지 못하신다면 다시 한 번 말씀드리지요. 오늘 이후, 화산파는 정무맹을 떠날 것입니다. 아, 그래도 이들의 치료는 마치게끔 해주시지요. 목숨을 바친 그간의 공로를 생각해서 말이지요. 병세에 차도가 있으면 바로 이곳을 떠나도록 하겠습니다."

폭풍과도 같은 선언에 다들 할 말을 잃었다.

그들이 정신을 수습하고 유대웅이 말을 정확하게 이해한 것은 제법 시간이 흐른 다음이었다.

"장난하느냐? 애들 장난하는 것도 아니고 정무맹은 마음대로 가입하고 탈퇴할 수 있는 곳이 아니다."

막사 뒤쪽에서 앞으로 걸어나온 오명종이 노화로 이글거리는 눈빛으로 유대웅을 잡아먹을 듯 노려보았다.

그런 오명종에게서 시선을 거둔 유대웅이 정무맹주에게 물었다.

"여쭙겠습니다. 정무맹이 마황성이나 혈사림처럼 종속적인 관계를 유지하는 단체입니까?

"당연히 아닐세."

"그렇다면 떠나는 것은 큰 문제가 없는 것 아닙니까?"

"……."

"그간 화산파는 최선을 다해서 정무맹을 도왔습니다. 많은 공도 세웠고 피도 흘렸지요. 그 누구도 부인하지 못할 것입니다. 한데 지금은 다들 원칙 운운하며 본 문에 닥친 위기를 외면합니다. 충분한 사정이 있음을 설명하고 제자들을 돌려보내 달라고 요청했으나 거부당했습니다. 알량한 지원이나 도움 따위는 말씀하지 마십시오. 본 문을 무시하는 말이니까요."

유대웅이 차가운 눈빛으로 정무맹주의 말을 막았다.

"화산파는 화산파의 힘으로 위험을 극복할 터이니 정무맹은 원칙을 끝까지 지키도록 하십시오. 각자의 길을 가자는 말씀입니다. 그것이 서로에게 피해가 없는 결정일 것입니다."

"우리가 거부하면 어찌할 생각인가?"

광현 진인이 물었다.

"방금 전, 맹주께서 종속적인 관계가 아니라고 했습니다. 거부할 권리가 있다고 보십니까?"

"무림의 정의는 지금 사사천교와 장군가라는 암중의 적에게 큰 위협을 받고 있네. 지금과 같은 상황에서 자기만 살겠다고 독단적인 행동을 하는 것은 충분히 제재를 가할 명분이 있다고 보네만."

"동의합니다. 한번 질서가 무너지면 걷잡을 수 없는 법이니까요."

남궁창이 맞장구를 쳤다.

설추건은 힘으로 찍어 누르려는 그들의 행동에 상당한 반감이 일었으나 입을 열 수는 없었다. 막사 주위엔 소문을 듣고 찾아온 장로와 호법들이 상당수 모여 있었고 그들 역시 광현 진인과 남궁창의 말에 지지를 보내고 있었기 때문이었다.

"힘으로 막겠다는 것입니까?"

유대웅이 얼굴 가득 조소를 피어올리며 물었다.

"필요하다면."

"대체 무슨 권리로 그리하겠다는 것인지 이해를 하지 못하겠군요."

"이해 따위는 필요 없다. 네놈은 그냥 따르면 되는 것이야."

분위기에 편승한 오명종이 수하에게 명령하듯 소리쳤다.

"네놈? 지금 네놈이라고 했소?"

아차 싶었다.

유대웅의 음성에 깃든 한기가 아니더라도 오명종은 이미 자신이 꽤나 큰 말실수를 했음을 깨달았다.

나이는 어려도 상대의 배분은 자신에 못지않았다.

그래도 기호지세(騎虎之勢)였다.

"네놈이 화산파를 등에 업고 아주 기고만장하구나. 대체 언젯적 화산파란 말이냐?"

광현 진인 등은 오명종의 말이 과하다는 생각을 했다.

하지만 굳이 말리거나 하지는 않았다.

정무맹을 떠나려는 화산파를 주저앉힐 수만 있다면 그 정도는 실수는 충분히 용인할 수 있는 것이었다.

당학운은 침묵을 지키는 정무맹주나 광현 진인 등을 보며 주먹을 꽉 움켜쥐었다.

유대웅이 나이도 어린 데다가 속가제자라 해도 지금은 화산파를 대표하는 상황. 다른 곳도 아닌 정무맹에서 이런 무례를 용납한다는 것은 있을 수 없는 일이었다.

'어쩌면 은연중 이런 분위기를 바라고 있었는지도 모르겠군. 하지만 분명 실수한 것이다.'

당학운은 담담한 눈길로 오명종을 바라보는 유대웅의 모습에 침을 꿀꺽 삼켰다. 그의 침묵이 오히려 더 불안했다.

유대웅은 오명종이 아니라 영영을 돌아보며 싱긋 웃었다.

"돌아가신 사부께서 화산파가 이런 취급을 받고 있다는 것을 아시면 경을 쳤을걸. 두 분 사숙들은 어떠하고. 아마 날 죽이려고 드실 거다. 후~ 생각만 해도 끔찍하군."

"사⋯ 숙."

불안에 떠는 영영의 머리를 가만히 쓰다듬은 유대웅이 천천히 몸을 돌리며 말했다.

"한마디로 그분들 뵐 낯이 없는 거야. 화산파가 이런 무시를 당하는데도 참으면."

유대웅의 입에서 화산검선이 언급되자 잠시 술렁임이 일었다.

오명종은 주변의 분위기가 좋지 않자 신경질적으로 소리

쳤다.

"해서 어쩌겠다는 것이냐? 화산파가 예전의 화산파가 아님은 세상이 다 아는 사실이다. 그걸 모르는 것은 오직 네놈뿐이다."

"……."

유대웅이 아무런 대꾸도 하지 않자 기가 산 오명종은 결국 최악의 한 수를 두고 말았다.

"필요하다면 노부가 증명을 해줄 수도 있다."

유대웅이 기다렸다는 듯 맞장구를 쳤다.

"바라던 봐요. 어디 증명을 해보시구려."

반짝거리는 유대웅의 눈빛을 보며 당학운은 물론이고 광현 진인과 남궁창 등은 전신에 소름이 돋는 것을 느꼈다.

"이런. 벌써 시작한 모양이군."

저 멀리 들려오는 병장기 소리, 기합성에 느긋하게 걸음을 옮기던 삼불신개의 안색이 확 변했다.

"이렇게 될 줄 아셨던 것 같습니다."

영호은이 의심스런 눈초리로 삼불신개를 바라보았다.

"말로 쉽게 끝날 일이 아니었으니까. 그리고 녀석의 실력을 제대로 확인할 필요도 있었고. 그런 눈으로 보지 말게. 자네도 궁금하지 않았는가? 말코 도사의 제자가 어느 정도 실력을 지녔는지 말이야."

"일전에 화산에서 몇몇 호법이 그에게 망신을 당했다는 것을 아시지 않습니까?"

"그깟 놈들 작살 낸 것이 뭐 대수라고. 직접 눈으로 확인을 해야지."

영호은이 할 수 없다는 표정으로 고개를 흔들었다.

"그래서 누구에게 일을 맡기신 겁니까?"

"정무맹에서 그런 일을 맡길 놈은 하나밖에 없잖은가?"

"설마 독개(毒丐)에게 맡긴 것입니까?"

영호은이 깜짝 놀라 되물었다.

"놀라긴. 독개 정도는 되어야 제대로 실력이 나오지."

"하지만 독개는 개방에서도 다섯 손가락 안에 드는 실력자 아닙니까?"

"아니. 그사이 더 강해졌어. 세 손가락 안에는 들 거야."

삼불신개의 태연스런 대답에 영호은은 할 말을 잃었다.

"그렇게 걱정하지 말게. 자네가 무엇을 걱정하는지 알고 있지만 그렇게 될 일은 없으니까."

"아무리 검선 선배님의 제자라도 아직은 어렵습니다."

"자넨 아직 그 녀석을 제대로 몰라."

"독개가 어떤 실력을 지녔는지는 잘 알지요. 독한 성격도 알고요. 잘못하면 큰일 납니다."

"쯧쯧, 그놈의 걱정도 팔자야."

"선배!"

영호은의 얼굴이 잔뜩 찌푸려지자 삼불신개가 그의 어깨를 가볍게 두드렸다.

"뭐, 가보면 알겠지. 누굴 염려해야 하는 것인지는."

걸음을 재촉한 삼불신개와 영호은은 유대웅과 오명종이 사문의 명예를 걸고 대결하는 연무장에 금방 도착할 수 있었다.

대결을 시작한 지 제법 시간이 흘렀는지 연무장 주변의 열기는 그야말로 뜨거웠다.

직접 대결을 펼치는 당사자가 아님에도 그 팽팽한 긴장감, 치열함이 전해진 것인지 다들 거칠게 호흡을 하며 연신 탄성과 함성을 내질렀다.

"후끈 달아올랐군."

삼불신개가 연무장을 에워싸고 있는 인원과 그들이 뿜어내는 기운에 만족한 웃음을 흘렸다.

"언뜻 보아도 사오백 명은 족히 되어 보이는군요. 아주 제대로 시선을 끌었습니다. 선배가 원한 것이 바로 이런 것이겠지요?"

"기왕 판을 벌이려면 많은 관중이 보는 앞에서 제대로 벌려야지. 그나저나 독개 이 녀석이 잘 버티고 있는지 모르겠군."

영호은은 유대웅이 아니라 독개를 걱정하는 삼불신개를 이상하다는 듯 쳐다보았지만 어차피 눈으로 곧 보게 될 터라 굳이 질문을 하지는 않았다.

삼불신개와 영호은이 연무장에 도착했다.

그들을 신경 쓰는 사람은 아무도 없었다. 다들 연무장에서 벌어진 싸움에 집중할 뿐이었다.

"조금 이상하군요."

영호은이 고개를 갸웃거렸다.

"뭐가 말인가?"

"뜨겁게 달아오른 것은 분명한데 분명히 온도차가 있습니다."

"온도차?"

"예. 이곳과 저곳의 공기가 완전히 다릅니다."

영호은은 붉게 상기된 얼굴로 무섭게 집중하는 주변의 무인들과는 달리 심각하다 못해 거의 초상집과도 같은 분위기를 보여주는 정무맹 수뇌들을 가리켰다.

삼불신개가 정무맹주와 광현 진인 등이 모여 있는 곳으로 고개를 돌렸다. 아닌 게 아니라 무겁게 내려앉은 그곳의 공기는 다른 곳과는 확연히 달랐다.

영호은과는 달리 삼불신개는 그 이유를 금방 깨달았다.

경악을 금치 못하고 있는 정무맹 수뇌들의 반응을 보곤 유대웅과 싸우고 있는 독개가 변변히 힘도 써보지 못하고 무너졌음을 직감한 것이다.

'쯧쯧, 그렇게 죽을힘을 다해 싸우라 했거늘. 내 이놈을 아주 요절……'

생각은 이어지지 못했다.

무엇을 본 것일까?

삼불신개의 눈이 화등잔만 해졌다.

"저놈이 왜 저기에 있지?"

삼불신개의 말에 영호은이 반문했다.

"예? 누구 말씀입니까?"

"저놈."

삼불신개가 가리키는 곳으로 시선을 돌린 영호은은 팔짱을 끼고 나름 심각한 표정으로 싸움을 지켜보는 한 사람을 발견했다.

"독… 개? 선배님!"

영호은이 고개를 홱 돌렸다.

"그러니까!"

삼불신개는 지금의 대결이 자신의 의도대로 일이 진행된 것이 아님을 깨닫고 황급히 연무장으로 시선을 돌렸다.

초천검을 든 유대웅에게 안쓰러울 정도로 밀리는 오명종의 모습을 확인하곤 기가 막힌 표정을 지었다.

"저놈이 누구더라?"

눈을 가늘게 뜨고 살피던 영호은이 얼른 대답했다.

"일해도문의 오 장로입니다."

"오명종?"

"예."

"왜 저놈이?"

영호은이 알 리가 없었다.

"빌어먹을!"

신경질적으로 고개를 흔든 삼불신개가 그 즉시 독개를 향해 전음을 날렸다.

[독개. 이놈!]

싸움에 집중하던 독개가 화들짝 놀라며 주위를 두리번거리다 삼불신개를 발견하곤 황급히 달려왔다.

[다가오지 말고.]

바람처럼 달려오던 독개가 그대로 멈췄다.

[이게 어찌 된 일이냐? 어째서 저놈이 싸우고 있어?]

[그, 그게…….]

[분명 네놈 보고 나서라 한 것으로 기억하는데?]

[죄, 죄송합니다. 급히 처리할 일이 있어 잠시 지체하였는데 그사이 일이 벌어진 모양입니다.]

[처리할 일? 하, 노부가 부탁한 것보다 더 급한 일이 있었단

말이냐?]

[아, 아닙니다. 다만 방주께 보고할 일이… 헙!]

독개의 얼굴이 하얗게 질렸다.

[방… 주? 그러니까 뭐야. 방주에게 보고할 일 때문에 내가 한 부탁이 무시된 거란 말이군. 하, 이거 참. 방주가 미친 게 냐? 아님 네놈이 미친 게냐? 아님 아예 개방이 미쳐 돌아가는 게냐?]

[주, 죽여주십시오.]

독개는 주변의 시선에도 아랑곳없이 그 자리에서 무릎을 꿇었다.

[죽여줘? 암, 죽여주고말고. 하지만 순서가 있지. 우선 방주 놈 먼저 족쳐야겠다. 제깟 놈이 방주가 되었다고 감히 나를 무시해?]

노할 대로 노한 삼불신개의 반응에 독개는 그야말로 어찌 할 바를 몰랐다.

개방에서 삼불신개는 그야말로 무소불위(無所不爲)의 존 재.

방주의 권위와 권한이 아무리 막강하더라도 삼불신개와 비할 바가 아니었다. 일전에도 별 시답지 않은 이유로 방주가 개 맞듯이 맞는 것을 직접 목도하지 않았던가.

한데 그와 같은 일이 또 다시 발생한다는 말이었다. 그것도 자신으로 인해.

[사, 살려주십시오.]

[방금 전엔 죽여달라며?]

[제자가 죽을죄를 지었습니다. 부디 살려주십시오.]

철혈무정(鐵血無情)이라는 별명이 무색하게 독개의 음성은
간절했다.

[내가 네놈에게 부탁한 것은 딱 한 가지였다. 그것만 시행
하면 돼.]

[하지만 오 장로는 지금 사문의 명예를 걸고 싸우는 중입니
다. 제가 끼어들 명분이⋯⋯.]

[그럼 그냥 뒈지든가. 방장놈도 곧 보내줄 테니까 나란히
손 붙잡고 가면 되겠네.]

[하, 하겠습니다. 반드시 하겠습니다.]

행여나 마음이 바뀔까 매달리다시피 한 독개가 벌떡 일어
났다. 그리곤 연무장을 향해 전의를 다지며 걸어가기 시작했
다.

"꼭 이래야 되겠습니까?"

연무장으로 향하는 독개의 움직임을 보며 상황을 짐작한
영호은이 조금은 걱정스런 음성으로 물었다.

"뭐가?"

"오 장로가 화산파를 무시한 모양입니다. 그래서 싸움이

시작된 것이고요."

"그런데?"

"각자 사문의 명예를 걸고 싸우고 있단 말입니다. 제삼자가 끼어들 상황이 아니라는 것이지요. 자칫하면 개방의 명성에 누가 될 수도 있습니다."

"거지 놈들이 명성은 무슨 얼어죽을 명성. 그딴 건 필요 없어. 지금 중요한 것은."

연무장을 살피는 삼불신개의 눈초리가 냉정하게 가라앉았다.

"놈이 끝내기로 작심했다는 거야. 제삼자 어쩌구 따지다가는 오명종은 죽는다. 최소한 반병신이 되든가."

"음……."

영호은의 입에서 침음이 흘러나왔다.

그도 확인한 것이다.

유대웅이 기세가 조금 전과 확연히 달라졌다는 것을.

'아, 안 돼!'

오명종은 매섭게 짓쳐드는 유대웅의 공격에 절망하지 않을 수 없었다.

갈가리 찢어진 의복, 전신을 새겨진 크고 작은 부상들.

흐르는 땀과 피가 범벅이 되어 몰골이 말이 아니었고 손에

든 도를 제대로 움켜쥘 힘도 남아 있지 않았건만 상대는 마치 지금 싸움을 시작이라도 한 듯 호흡 하나 거칠어지지 않았다.

'대체 이건……'

첫 단추부터 완전히 잘못 끼워졌다.

화산파에서 은검단과 노사들을 농락했다는 소문이 뜬소문이 아닌 것이다.

'진작 깨달았어야 하는 건데.'

후회는 아무리 빨라도 늦는 법이다.

오명종이 화산파가 예전의 화산파가 아님을 증명하겠다고 선언하는 순간 되돌릴 길은 사실상 사라지고 말았다.

남은 것은 사문의 명예를 걸고 대결을 펼치고 반드시 이겨야 한다는 사명뿐.

오명종이 그것마저 불가능하다는 것을 깨달은 것은 첫 번째 공방에서, 아니, 싸움을 시작하기도 전이었다.

상대의 기세가 예사롭지 않다는 것을 직감한 오명종은 처음부터 전력을 다해 공격을 시작했다.

정무맹의 장로요, 명성 높은 일해도문의 어른으로서 당연히 선공을 양보하리라 여겼던 이들을 깜짝 놀라게 만들 정도로 기습적인 공격이었다.

하지만 유대웅은 당황하지 않았다.

애초부터 그럴 줄 알았다는 듯 너무도 태연히 공격을 받아

넘겼다.

그렇다고 역공을 펼친 것도 아니었다.

한참 동안이나 이어진 오명종의 공격에도 유대웅은 단지 방어에만 열중할 뿐이었다.

그 모습은 아랫사람에게 한 수 가르침을 주는 존장의 모습과도 같았으니 이를 지켜보는 이들은 자신들의 예상과는 완전히 뒤바뀐 싸움의 양상에 다들 혼란스러워했다.

방어에만 주력하던 유대웅이 본격적으로 반격에 나선 것은 근 반각 동안 공격을 펼치던 오명종이 제풀에 나가떨어질 시점이었다.

자신의 모습을 똑똑히 지켜보라는 듯 걱정스런 눈빛으로 주먹을 꽉 움켜쥐고 있는 화산파 제자들을 돌아보며 살짝 미소 지은 유대웅은 이후 압도적인 실력으로 오명종을 몰아붙였다.

커다란 덩치에 어울리지 않게 내딛는 발걸음은 바람처럼 가벼웠고 초천검에서 뿜어 나오는 기운은 태산보다 무거웠다.

그렇다고 그가 눈이 휘둥그레질 정도로 뛰어난 절기를 펼친 것이냐 하면 그것도 아니었다. 그저 화산파의 제자라면 당연히 익혀야 하는 가장 기본적인 무공만을 사용할 뿐이었다.

오명종도 쉽게 무너지지는 않았다.

개인의 명예가 아닌 사문의 명예를 걸고 임하는 싸움이기에 그 역시 결코 질 수 없는 싸움이었다.

오명종은 일해도문의 모든 것이라 할 수 있는 이십칠초 구류도법(九流刀法)을 사용하며 필사적으로 저항했다.

온몸에 부상이 늘어가고 몸이 천근만근 무거워질 때까지 그의 칼은 멈추지 않았다.

사문의 명예를 지키기 위해 죽음도 마다하지 않고 자신의 모든 것을 불사르는 오명종의 모습은 모든 이에게 감동을 주기에 충분했다.

하지만 곁에서 지켜보는 것만으로도 숨이 턱턱 막힐 정도로 위협적인 오명종의 공세에도 유대웅은 여유로웠다.

힘에는 힘으로, 변화에는 변화로, 쾌에는 쾌로.

유대웅은 그에게 할 수 있는 것은 다 해보라는 듯 배려 아닌 배려를 해가며 오명종 개인은 물론이고 그의 사문인 일해도문의 명예까지 철저하고 잔인하게 박살을 내버렸다.

그리고 그마저도 지겨워진 것인지 마침내 끝장을 내기 위한 움직임을 보여주고 있었다.

"저! 저!"

이전과는 비교도 되지 않을 정도로 강맹해진 유대웅의 공격을 보며 정무맹주가 두 눈을 부릅떴다.

"오 장로가 위험합니다. 말려야 합니다."

설추경이 다급히 소리쳤지만 움직이는 사람은 아무도 없었다. 정작 말을 꺼낸 설추경도 움직이지 못했다.

이유는 간단했다.

싸움이 시작되기 전, 유대웅은 자신과 오명종의 싸움을 화산파와 일해도문의 명예가 걸린 대결임을 선언하며 그 어떤 개입도 용납되지 않음을 천명했다.

심지어 정무맹주의 입을 통해 제삼자가 끼어들면 정무맹 차원에서 단죄를 하겠다는 약속까지 받아냈으니 그로 인해 그 누구도 오명종의 위험을 보고서도 나설 수가 없는 것이었다.

"놈의 잔꾀에 당한 것입니다."

광현 진인이 잔뜩 굳은 얼굴로 말했다.

"글쎄요, 잔꾀라고 할 수는 없지요. 우리가 그것을 허락하지 않았습니까? 반대의 결과를 바라고요."

남궁창이 씁쓸히 고개를 흔들었다.

"솔직히 놈의 실력이 이 정도일 줄은 정말 몰랐습니다."

이적은 자신과 엇비슷한 실력의 오명종이 저토록 무력하게 당할 줄은 꿈에도 몰랐다는 표정이었다.

"화산에서 노사들이 당했다는 보고를 받았을 땐 아무래도 화산파의 영역인지라 어떤 사연이 있다고 여겨 믿지를 않았거늘……"

유대웅에게서 눈을 떼지 못한 정무맹주가 힘없이 읊조렸
다.

"상대의 역량도 제대로 알아보지 못한 우리의 눈이 오 장
로를 죽음으로 몰았습니다."

남궁창의 자책에 다들 침울한 표정을 감추지 못했다.

다들 그렇게 무력한 모습으로 오명종의 죽음을 기정사실
로 여기고 있을 때 연무장 한쪽에서 독개가 뛰쳐나왔다.

사람들이 그를 발견한 것은 유대웅이 오명종에게 치명적
인 일격을 가하려는 순간이었다.

모든 것을 포기했던 오명종의 눈이 가만히 떠졌다.

그의 눈에 거무튀튀한 지팡이를 들고 유대웅을 공격하는
독개의 모습이 들어왔다.

고마웠다.

독개는 평소 적대적인 관계는 아니었지만 그렇다고 특별
한 교류를 나눈 사이도 아니었다.

따지고 보면 은연중 오대세가를 지지하는 자신과 소원하
다면 소원할 수 있는 사이였다.

그런데도 그는 자신의 목숨을 구하고자 싸움에 끼어들었
다. 평소 친분을 나누던 모든 이가 외면하는 상황에서.

정무맹주의 이름으로 제삼자가 끼어드는 것이 불허된 지
금 독개의 행동은 차후 개방에 상당한 불이익을 가져올 수도

있었다.

'고맙소, 독개. 비록 사문의 명예는 땅에 떨어졌지만 목숨을 구해준 은혜는 내 결코 잊지 않을 것이오.'

오명종의 눈이 다시 감겼다. 그리곤 그대로 정신을 잃고 말았다.

"설마하니 정무맹에서 차륜전까지 사용할 줄은 몰랐군요."

유대웅이 독개의 공격에서 벗어나며 비웃음을 던졌다.

"네놈의 손속이 너무 과했다."

삼불신개 앞에선 얌전한 고양이 신세였던 독개가 유대웅에겐 표독한 발톱을 드러냈다.

"사문의 명예가 걸린 싸움이었습니다. 더불어 정무맹주께선 제삼자의 개입을 금한다고 하셨고. 아닙니까?"

유대웅이 정무맹주를 돌아보며 소리쳤다.

독개의 개입으로 오명종의 목숨이 무사한 것은 다행이었지만 자신이 한 말이 있었기에 정무맹주는 별다른 대답을 하지 못하고 슬그머니 고개를 돌려 버렸다.

"뭐, 그다지 기대한 것도 아니었습니다. 그저 약간의 바람이 있었다고나 할까요. 그 또한 벼룩의 간만큼도 되지 않았지만."

다시금 정무맹주를, 아니, 정무맹의 수뇌들에게 통렬한 비웃음을 날린 유대웅이 표정 하나 변하지 않고 있는 독개에게 초천검을 겨누었다.

"화산은 걸어오는 싸움을 피하지 않습니다."

그렇지 않아도 삼불신개 때문에 심란하기 그지없던 독개는 이번 사달의 원인이라 할 수 있는 유대웅까지 자신을 우습게 보는 듯한 모습을 보이자 짜증이 머리끝까지 치솟았다.

"언제까지 큰소리를 칠 수 있는지 지켜보마."

독개가 들고 있던 지팡이가 유대웅의 머리를 향해 짓쳐들었다.

개방 최고의 비전이라는 타구봉법(打狗棒法)의 첫 번째 초식 봉타쌍견(棒打雙犬)이었다.

타구봉법은 오직 개방의 방주와 차기 후계자만이 익히고 사용하는 것이 관례였지만 그 옛날 갑작스런 사고로 인해 타구봉법의 맥이 끊어질 뻔한 위기를 겪은 후, 일인전승에서 후계자를 포함하여 도합 세 명의 제자에게 전해지게 되었다.

물론 타구봉법을 익혔다고는 하더라도 사용할 수 있는 것은 당대에 한정하였고 후대에 전할 수 있는 권한은 오직 방주에게만 있었다.

"호오. 시작부터 타구봉법을? 그냥 뚫린 눈은 아니군. 제대로 파악을 하고 있어."

오래된 전통만큼 개방에도 무수한 무공들이 존재했으나 유대웅을 상대할 수 있는 무공은 극히 소수에 불과했다. 그중 가장 대표적이고 강력한 것이 타구봉법이었다.

삼불신개는 독개가 처음부터 타구봉법을 사용하여 유대웅을 공격하자 그가 유대웅의 실력을 정확하게 파악하고 있다고 여기곤 흡족한 미소를 지었다.

유대웅은 환영처럼 날아드는 지팡이를 보며 몸을 흔들었다.

곧바로 따라붙는 지팡이.

생각보다 빠르고 날카로운 움직임에 조금은 당황하며 초천검을 휘둘렀다.

지팡이는 초천검과 부딪치지 않고 곧바로 방향을 틀며 유대웅의 등짝을 후려쳤다.

사타구배(斜打狗背)라는 초식으로 그 또한 타구봉법의 절초였다.

유대웅이 커다란 덩치와는 어울리지 않을 정도로 빠른 몸놀림으로 황급히 검을 회수하며 지팡이의 공격을 막아냈지만 이후에도 독개의 공격은 멈추지 않았다.

머리를 공격하는가 싶으면 어느새 옆구리를 치고 들어왔고 그것을 막기 위해 대응을 하면 이미 다른 곳의 허점을 노리고 있었다. 거기에 개방을 대표하는 또 다른 절기 취팔선보(醉八仙步)는 타구봉법을 사용하는 독개의 움직임을 완벽하게 만들어줬다.

'대단하군. 이것이 개방의 무공인가?'

유대웅은 독개의 무공에 진심으로 감탄했다.

취한 듯 흐느적거리고 한없이 느릿느릿하게 보였지만 물처럼 부드럽고 변화막측한 움직임에 어떤 일정한 흐름이나 형식에 얽매이지 않고 치고 들어오는 지팡이의 괴상망측한 변화는 지금껏 수많은 대련과 실전을 통해서도 경험해 보지 못한 것이었다.

가장 인상적인 것은 아무렇게나 휘두르는 것처럼 보이는 지팡이의 움직임이 묘하게도 위협적이며 심지어 현기마저 느껴져 피하기가 쉽지 않다는 것이었다.

'무림에서 가장 독특한 무공 중 하나가 개방의 타구봉법이라는 말이 있더니만 과장된 것이 아니로군.'

생각은 그리하고 있어도 별로 걱정하는 눈치는 아니었다.

독개의 파상적인 공격에 변변한 반격을 하고는 있지 못했지만 엄밀히 따지자면 하지 못하는 것이 아니라 지금껏 만나보지 못한 독특한 무공을 보다 오래 겪어보고 싶은 마음에 반격을 하지 않는 것이었다.

그것을 알지 못하는 사람들은 오명종을 손쉽게 요리한 유대웅을 그 정도까지 몰아붙일 수 있는 독개의 화려한 공격에 탄성을 내뱉으며 환호성을 질렀다.

모든 사람이 같은 생각을 하는 것은 아니었다.

유대웅의 진실한 실력을 알고 있는 운종이나 영영, 당학운 등은 조금도 걱정하는 표정이 아니었고 멀리서 지켜보는 삼불신개와 영호은 또한 마찬가지였다.

특히 영호은은 오히려 일방적인 공격을 당하면서도 작은 생채기 하나 나지 않는 유대웅의 실력에 진심으로 놀라고 있었다.

오행매화보는 취팔선보만큼 화려하지도 기묘하지도 않았지만 하늘이 무너져도 흔들리지 않을 정도로 단단히 유대웅의 몸을 지탱했고 뛰어난 검법임은 인정하나 타구봉법에 비할 바가 아니라 여겼던 매화삼십육검은 타구봉법의 오묘하고 신랄한 절기들을 완벽하게 막아냈다.

"아무래도 제 생각이 짧았던 것 같습니다. 검선 선배님의 제자라지만 저 나이에 어찌 저만한 실력을……."

영호은은 말을 잇지 못할 정도로 놀라고 있었다.

"놀라는 것도 무리는 아니지. 노부 또한 이 정도일 줄은 몰랐으니까. 독개의 타구봉법은 현 방주와 필적하는 수준이야. 어쩌면 실전 경험이 풍부한 독개가 우위에 있을 수도 있고. 그런데도 놈의 털끝 하나 건드리지 못할 줄은 몰랐군."

독개가 유대웅의 상대가 되지 못한다는 것을 알고는 있었으나 설마하니 이렇게 완벽하게 밀릴 줄은 생각하지 못했던 삼불신개는 상당히 곤혹스런 표정이었다.

"쯧쯧, 우리가 이리 놀라고 있으니 독개 저놈은 얼마나 놀라고 있을꼬. 제 무공에 유난히 자신감이 많은 놈이거늘."

삼불신개는 땀을 뻘뻘 흘리며 공격에 열중인 독개가 안쓰러워 죽겠다는 듯 연신 혀를 찼다. 정작 그런 상황이 누구 때문에 일어난 것인지는 전혀 기억이 나지 않는다는 표정을 지으며.

'이럴 수는 없는 일이다. 정녕 이럴 수는 없는 일이야.'

미친 듯이 지팡이를 휘두르며 유대웅을 압박하는 독개는 지금 자신에게 닥친 상황을 도저히 받아들일 수가 없었다.

다른 무공도 아니고 타구봉법이었다.

그것도 얼마 전에 대성한 취팔선보와 완벽하게 조화가 된 타구봉법.

감히 천하제일이라 자신할 수는 없어도 그 누구와 맞부딪쳐도 쉽게 패하지 않으리라 자부했다. 심지어 하늘보다 더 위대하고 두려운 삼불신개와 대결을 펼친다고 해도 못난 꼴은 보이지 않을 것이라 확신했다.

그 모든 생각이 유대웅과의 대결에서 어긋나 버리고 말았다.

상대가 비록 과거 천하제일이라는 화산검선의 제자였지만

어미 뱃속에서부터 무공을 익혔다고 해도 자신이 무공을 익혀온 세월의 반도 채 되지 않을 터.

단전에 단단히 자리 잡고 있는 내력은 말할 것도 없거니와 평생을 진흙바닥에서 구르며 쌓아온 무수한 경험을 생각해 보면 작금의 상황은 더욱 이해를 할 수가 없는 것이었다.

무엇보다 그를 참담하게 만든 것은 상대가 반격을 마음먹었다면 위험한 순간이 몇 차례나 벌어질 수 있었다는 것.

'놈은 지금 최선을 다하고 있지 않다.'

어떤 이유로 그런 것인지는 모르나 그것만큼은 확실했다.

그것을 알고 있는 사람이 거의 없다는 것에 더욱 화가 치밀고 자존심이 상했다.

그래서 결심했다.

적이 아니라면 결코 쓰지 않으리라 여겼던 무공을 떠올리는 독개의 눈빛이 싸늘해졌다.

유대웅은 독개의 분위기가 살짝 달라졌다는 것을 느꼈지만 그다지 신경을 쓰지는 않았다.

그것이 실수라면 실수였다.

양쪽 허벅지와 단전을 연이어 찔러오던 지팡이를 여유있게 막아내던 유대웅은 난데없이 나타난 한줄기 기운이 왼쪽 견정혈로 짓쳐드는 것을 느끼곤 깜짝 놀랐다.

완벽하게 막아내기란 이미 늦은 상황이었다.

유대웅은 최대한 호신강기를 일으키며 몸을 틀었다.

퍽!

둔탁한 소리와 함께 유대웅의 몸이 살짝 흔들렸다.

쿵. 쿵. 쿵.

뒷걸음치는 유대웅의 발걸음 소리와 함께 거대한 함성이 연무장을 뒤흔들었다.

그것은 끝까지 승기를 놓치지 않고 마침내 승부를 결정지은 독개의 무위에 대한 찬사임과 동시에 정무맹의 두 장로를 연이어 상대하면서도 전혀 기죽지 않고 대단한 실력을 보여준 패자에 대한 격려의 함성이었다.

정무맹의 수뇌들은 과정이야 어쨌든 더 이상의 망신을 당하지 않게 되었다는 생각에 다들 안도의 한숨을 내쉬었고 화산파 제자들을 비롯하여 내심 유대웅을 응원했던 이들은 아쉬운 탄식을 내뱉었다.

하지만 누구보다 격렬한 반응을 보인 사람이 있었으니 독개가 어떤 공격을 사용하여 유대웅의 어깨에 부상을 입힌 것인지 정확하게 알고 있는 삼불신개였다.

"저 멍청한 놈이 대체 무슨 짓을 한 것인가!"

"제가 보기엔 통천지(通穿指) 같았습니다만 맞습니까?"

영호은도 심각한 표정이었다.

"맞네. 통천지."

개방의 무공이기는 해도 살기가 너무 짙어 불구대천의 원수나 절체절명의 위기상황이 아니면 절대로 사용을 금하고 있는 무공이 바로 통천지였다.

아무리 상황이 좋지 않다고 해도 독개가 유대웅을 향해 통천지까지 사용할 줄은 상상도 하지 못한 삼불신개의 얼굴이 분노로 일그러졌다.

"그래도 저 친구의 부상이 크지 않은 것 같아서 그나마 다행입니다. 하니 너무 걱정하지 마십시오."

영호은은 나름 위로를 한다고 던진 말이었지만 삼불신개는 고개를 흔들었다.

"차라리 이번 공격으로 싸움이 끝났으면 다행이지. 곧 죽어도 잘난 저 멍청한 놈은 제 놈이 지금 무슨 짓을 했는지 전혀 모르고 있어. 걱정? 방향이 틀린 것 같군. 우리가 걱정할 사람은 말코의 제자가 아니라 바로 저 멍청한 놈일세."

"무슨……."

"물을 것도 없네. 보면 알아."

삼불신개가 심상치 않은 분위기가 감도는 연무장을 가리키며 말했다.

영호은이 재빨리 고개를 돌렸다.

아닌 게 아니라 연무장의 상황이 어딘지 모르게 이상했다.

방금 전까지 비틀거리던 유대웅이 독개를 향해 천천히 걸

음을 옮기고 있었고 회심의 일격으로 공격을 성공시킨 독개
가 오히려 뒷걸음질을 치고 있었다.

영호은이 주시한 것은 유대웅이었다.

'변했다.'

유대웅의 몸에서 지금껏 보여주지 않았던 무시무시한 기
운이 뿜어져 나오기 시작했다.

'설마하니 이 정도 수준이었단 말인가?'

비로소 유대웅의 진면목을 보게 된 영호은은 두 눈을 부릅
뜨며 삼불신개를 돌아보았다.

"알고 계셨습니까?"

"그렇네."

삼불신개가 고개를 끄덕였다.

"이미 우리와 같은 반열일세. 어쩌면 더 강할 수도 있고."

무림에서 가장 강하다는 무림십강의 일원으로서 삼불신개
의 말은 누가 들어도 이해할 수 없는 말이었다.

영호은은 부정할 수가 없었다.

그가 느끼기에도 유대웅의 전신에서 뿜어져 나오는 기운
은 자신 또한 감당할 수 있을지 판단하기 어려울 정도인 강력
했다.

그야말로 절대자의 기운.

"말코가 진정 괴물 같은 놈을 키워냈어."

씁쓸히 중얼거린 삼불신개가 연무장을 향해 걸음을 옮겼다.

"서, 선배?"

"어쩌겠나? 한심하기 짝이 없어도 내 새끼인 것을. 당장 어찌 되지는 않겠지만 지금 놈의 분위기를 보니 병신 되는 것은 시간문제야."

영호은은 삼불신개를 막지 못했다.

그가 생각해도 독개가 유대웅의 분노에서 벗어날 길은 없어 보였다.

"헙!"

유대웅의 공격을 타구봉법의 팔결(八訣) 중 봉(封)의 수법으로 막아내던 독개의 입에서 다급한 외침이 터져 나왔다.

지금껏 방어에 전념하던 유대웅의 반격은 그가 생각하는 것 이상으로 위력적이었다.

검에 실린 힘 또한 조금 전과는 비교할 바가 아니었다.

비로소 상대가 본신의 실력을 드러낸다고 생각한 독개가 이를 악물었다.

자신이 그의 상대가 되지 않는다는 것은 이미 깨닫고 있었다.

타구봉법은 물론이고 완벽한 기회를 노려 통천지를 사용했음에도 고작 어깨에 약간의 부상만 익혔다는 것이 이를 증명하고 있었다.

그렇다고 이대로 패배를 인정하고 물러날 생각은 없었다. 목숨을 잃을지언정 그런 꼴사나운 모습을 보일 수는 없었다.

지팡이를 잡는 손에 더욱 힘을 주었다.

그러나 그런 독개의 각오와는 달리 잔뜩 독기를 품은 유대웅의 공격은 그로 하여금 반격 자체를 생각할 수 없게 만들었다.

패왕칠검을 사용했다면 더욱더 가공할 위력을 보였겠지만 봉인된 패왕칠검 대신 유대웅은 매화십이검으로써 독개를 마음껏 농락했다.

풍기매화란 초식으로 독개의 방어막을 무력화시켰고 취영홍하로 독개의 왼쪽 어깨와 옆구리에 깊은 자상을 만들어주었다.

초벽마천, 고비추상, 백운감와로 이어지는 매화십이검의 절초들은 독개를 완벽하게 무력화시키는 것은 물론이고 정무맹의 뭇 고수들의 넋을 빼앗아 버렸다.

영영도 매화십이검을 상당한 수준까지 익혔지만 유대웅이 펼치는 것과는 그 위력 자체가 틀렸다.

화산검선이 평생을 바쳐 만들어낸 매화십이검이 마침내 세상을 향해 본 모습을 드러낸 것이다.

"아!"

독개는 온 세상을 휘감고 마침내 자신을 덮쳐오는 매화의 잔영을 보며 힘없이 지팡이를 늘어뜨렸다. 더 이상의 저항은 아무런 의미도 없는 그저 한심한 발악에 불과할 뿐이라는 것을 그는 알고 있었다.

바로 그때, 한줄기 외침이 그의 의식을 후려쳤다.

"멍청한 놈 같으니!"

감겼던 독개의 눈이 번쩍 떠졌다.

그의 눈에 견고하게 흩날리는 매화를 뚫고 다가오는 삼불신개의 모습이 들어왔다.

"사, 사백님!"

"네 상대가 아니니 그렇게 조심하라, 위험하다 싶으면 적당히 하고 물러나라 당부하고 또 당부를 했건만."

"죄, 죄송합니다."

입이 열 개라도 할 말이 없던 독개가 고개를 떨구고 말았다.

그런 독개의 모습에 다시금 울화가 치밀어 호통을 치려던 삼불신개는 유대웅의 공격이 독개가 아닌 자신을 향해 집중되자 다급해질 수밖에 없었다.

삼불신개의 손에 들린 타구봉이 교묘하게 움직이기 시작했다.

주변을 에워싸는 매화를 휘돌리며 묶고, 유인하여 쪼개는 방식으로 무력화했다. 이어지는 유대웅의 공격 또한 별다른 힘도 들이지 않고 능숙하게 방어를 해냈다.

삼불신개 역시 독개와 같은 타구봉법을 사용하였으나 애당초 성취에서 비교 자체가 되지 않는 수준이었다.

상대의 공격에 대한 순발력과 응용력 자체가 비교조차 되지 않았다.

삼불신개의 타구봉법은 독개의 것보다 배 이상은 빨랐고 그 변화 또한 무궁무진했으며 무엇보다 예측 자체가 되지 않을 정도로 불규칙적이며 어떤 형식에서 완벽하게 자유로웠다.

독개가 죽을힘을 다해 유대웅을 막았다면 삼불신개는 같은 초식, 같은 힘을 사용함에도 움직임에 여유가 넘쳤다.

유대웅은 삼불신개의 움직임에서 매우 익숙한 느낌을 받았다.

그 느낌이 딱히 무엇이라 단정하기는 힘이 들었지만 불쾌감이나 적의는 들지 않았다. 오히려 그 어떤 흥분, 호승심이 마음 깊은 곳에서부터 들끓었다.

'매화십이검으로는 버겁다.'

화산검선이 만들어내기는 했으나 화산파 최고의 무공은 매화십이검이 아니라 자하검법이었다.

안정감만 따지자면 매화십이검이 자하검법을 능가할지는

모르나 자하신공을 바탕으로 펼쳐지는 자하검법의 위력은 화산검선을 천하제일의 자리에 올려놓은 것으로 이미 증명이 된 상태였다.

속가제자인 유대웅은 자하검법을 익히지 못했다. 대신 그에겐 자하검법을 능가하는 패왕칠검이 있었다.

'어쩐다.'

자신의 처지를 떠올린 유대웅의 얼굴에 잠시 잠깐 갈등이 빛이 떠올랐다. 하지만 눈앞의 상대와 제대로 된 승부를 내보고 싶은 호승심은 그런 갈등 따위를 한방에 날려 버릴 정도로 강력했다.

뭔가를 결심한 듯 초천검을 고쳐 잡는 유대웅의 눈빛이 한층 강렬하게 변해갔다.

"되었다. 이놈아."

갑작스런 외침과 함께 타구봉을 내려버리는 삼불신개.

잔뜩 기세를 끌어올리던 유대웅의 얼굴에 황당함이 깃들 때, 삼불신개의 입에서 버럭 호통이 터져 나왔다.

"네놈은 어른을 보고 인사도 없더냐? 말코가 그렇게 가르치더냐?"

"……."

초천검을 내리는 유대웅의 입이 쩍 벌어졌다.

무림에서 화산검선의 명성은 절대적이었다. 배분을 떠나

그 어떤 인물도 화산검선을 대함에 있어 조심하지 않는 이가 없었다. 심지어 마황성과 혈사림의 무인들까지도 화산검선 앞에선 한 수를 양보했다.

그런데 다른 곳도 아닌 정무맹에서 화산검선을 말코라 부르는 사람이 나타났다.

당장 난리가 나도 이상할 것 없음에도 주변 반응은 평온했다. 오히려 당연하게 받아들이는 것 같았다.

'사부님을 이런 식으로 칭할 수 있는 사람이 과연……'

있었다.

화산검선을 말코라 부를 수 있는 단 한 명의 인물이.

황급히 자세를 고쳐 잡은 유대웅이 깊이 허리를 숙이며 인사를 했다.

"청풍이 삼불신개 어르신을 뵙습니다."

"호~ 말코가 내 얘기를 했나 보구나."

"사부님께서 말씀을 하지 않으셨다고 해도 어르신을 못 알아볼 정도로 멍청하지는 않습니다."

"그래? 어떻게?"

"이미 증명해 드린 것으로 압니다만."

유대웅이 독개를 힐끗 바라보며 말했다.

한마디로 삼불신개가 아닌 이상 개방에서 자신을 막을 수 있는 사람이 없다는 말이었다.

"끄응. 어째 사부 놈이나 제자 놈이나 이렇게 음흉스러울까."

"사부님께서 조금 그런 면이 있으시긴 했지요."

삼불신개는 사부를 욕하는 말을 태연스레 받아치는 유대웅의 능청스러움에 어이가 없다는 표정을 지었다.

"그건 그렇고……."

독개를 향해 고개를 돌리는 삼불신개의 얼굴에 노기가 일었다.

"할 말이 있으면 찌껄여 봐라."

"없습니다."

다른 사람의 이목 따위를 신경 쓰는 삼불신개가 아니었다.

변명을 했다가 무슨 꼴을 당할지 알고 있는 독개가 얼른 고개를 흔들었다.

"그래? 그럼 일단 몇 대 맞자꾸나."

삼불신개는 대답도 기다리지 않고 그야말로 개 패듯 독개를 두드렸다.

느닷없이 벌어진 상황에 다들 어찌 반응을 해야 할지 갈피를 잡지 못했다.

명색이 정무맹의 장로가 흙바닥에 납작 엎드려 매타작을 당하는 상황이었다.

그렇다고 함부로 나서서 말릴 수도 없는 것이 그를 두드리는 사람이 다른 사람도 아니고 개방의 가장 큰 어른이자 무림 십강에 당당히 이름을 올리고 있는 삼불신개였다.

삼불신개의 명성 앞에 정무맹주의 지위나 장로, 호법이란 이름은 일고의 가치도 없는 것이었다.

"정신이 드느냐?"

삼불신개가 미친 듯이 휘두르던 몽둥이를 멈추며 물었다.

"예. 사백님."

독개는 생각보다 빨리 끝난 매타작에 감사하며 얼른 대답을 했다.

"많이 늘었다. 하지만 앞으로도 천 마리는 더 잡아야겠다."

불패의 명성을 자랑하는 타구봉법의 명예가 자신으로 인해 실추되었다고 여긴 독개가 입술을 꽉 깨물며 말했다.

"만 마리는 잡을 생각입니다."

"그런 각오로 더욱 정진하거라."

삼불신개가 흡족한 마음으로 고개를 끄덕일 때 영호은이 혀를 차며 다가왔다.

"쯧쯧, 이러다 인근 견공(犬公)의 씨가 마르겠네. 뭐든 적당한 것이 좋아."

"예. 선배님."

감히 누구의 말이라고 토를 달까, 독개가 공손히 대답했다.

"검선 선배의 제자를 보게 되다니 감개가 무량하군. 노부는 영호은이라 하네."

영호은이 유대웅을 향해 부드럽게 미소 지었다.

그렇잖아도 삼불신개 이상의 존재감을 지닌 인물이 누구인지 궁금해했던 유대웅이 황급히 예를 차렸다.

"말학(末學)이 송운 노사님을 뵙습니다."

"허허허! 말학이라. 근래 들어 들은 말 중 가장 우스운 농담이었네. 아니 그렇습니까?"

"네놈이 말학이면 네놈에게 수작질을 하려던 놈들이나 개망신을 당한 놈들은 뭐가 되냐? 뭐, 병신들도 아니고."

삼불신개의 신랄한 독설에 정무맹의 수뇌들의 얼굴이 벌겋게 달아올랐다.

"아무튼 잡설은 이만하자꾸나. 따라오너라. 네놈과 할 얘기가 많다."

"하지만 아직 얘기가……."

유대웅이 말끝을 흐리자 삼불신개가 정무맹주와 수뇌들을 쓰윽 쏘아보며 소리쳤다.

"할 말이 있으면 해보든가."

광기가 번들거리는 삼불신개의 모습에 그 누구도 입을 열지 못했다.

"없단다. 가자."

삼불신개가 뒤도 안 돌아보고 성큼성큼 걸어 나갔다.

유대웅은 꿀 먹은 벙어리처럼 변해 버린 정무맹의 수뇌들을 보며 웃음을 감추지 않았다.

"하하, 이것 참. 어르신께서 부르시는데 무림말학이 감히 따르지 않을 수도 없는 일이니 여러분께서 이해를 좀 해주십시오."

무림말학이라는 말에 더욱 힘을 주는 유대웅.

장난기 가득 섞인 그의 말에 정무맹 수뇌들의 인상이 썩은 감자처럼 변해 버렸다.

第十章
변화(變化)의 바람

화산파의 정무맹 이탈 선언에 이어 오명종과 독개를 쓰러
뜨리면서 정무맹을 발칵 뒤집어 놓은 유대웅.

　그야말로 난리가 난 상황과는 외따로이 그는 삼불신개와
함께 영호은의 거처인 청송거에 앉아 여유롭게 차를 마시고
있었다.

　무림의 살아 있는 전설들이라 불리는 무림십강의 두 사람
과 마주앉아 있으면서도 그에게선 여유가 넘쳐흘렀다.

　'보다보다 저런 강심장을 지닌 사람은 처음 보겠네.'

　총관부 소속으로 영호은의 시중을 비롯하여 청송거의 관

리 일체를 책임지고 있는 장광(張廣)은 긴장하기는커녕 마치 자신의 집에 돌아온 양 편히 행동하는 유대웅을 도저히 이해할 수 없다는 표정으로 연신 힐끗거렸다.

"이놈아! 그만 좀 힐끗거려라. 계집 훔쳐보는 것도 아니고 정신 사납게!"

"죄, 죄송합니다."

삼불신개의 호통에 자라목이 된 장광이 엉거주춤 뒷걸음질 치자 한심하다는 듯 혀를 찬 삼불신개가 덩치에 어울리지 않는 작은 찻잔을 들고 홀짝이고 있는 유대웅에게 말했다.

"술이라도 주랴?"

"괜찮습니다. 차가 향기롭군요."

"아무렴. 누가 우린 찻물인데."

삼불신개가 다기를 정리하는 영호은을 가리키며 말했다.

"그런 흰소리는 하지 마시고 이제 본론을 꺼내시지요."

"뭐, 본론은 무슨. 그냥 말코의 제자를 보니 반가워서 그렇지. 그래도 기왕 말이 나온 김에 하나만 물어보자꾸나."

"말씀하십시오."

유대웅이 공손히 대꾸했다.

"네가 아까 사용하던 무공 말이다. 매화십이검이더냐?"

"그렇습니다."

"예상은 했다지만 대단한 무공이더구나. 그토록 고생하더니 말코가 제대로 해냈어. 안 그런가?"

"예. 일전에 화산파 아이들이 수련하는 것을 먼발치에서 잠시 살펴본 적이 있고 그때도 꽤나 놀랐지만 실전을 보니 더욱 놀랍군요. 검의 흐름이 그토록 안정적이고 유려할 줄은 몰랐습니다. 게다가 정심하기까지 하고요."

"그렇지. 화산의 검이 변화막측하고 날카롭기는 해도 무당검에 비해 강과 유의 조화가 부족했었는데 그런 약점을 완벽하게 극복했어. 대단해. 정말 대단한 무공이야."

삼불신개와 영호은이 매화십이검에 대해 최고의 극찬을 하자 유대웅도 뿌듯함을 감추지 못했다.

"하오면 화산검선께서 창안하신 매화십이검이 화산파 최고의 검법이 되는 것입니까? 제가 듣기론 화산파의 최고 무공은 자하검법이라 들었는데요."

장광이 삼불신개의 눈치를 살피며 조심스레 물었다.

영호은이 고개를 저으며 말했다.

"글쎄. 기준을 어디에 두느냐에 따라 다르겠지."

장광이 이해하지 못한 표정을 짓자 빙그레 미소 지은 영호은이 말을 이었다.

"가장 위력이 뛰어난 무공을 꼽으라면 당연히 자하검법이겠지만 최고의 무공을 뽑으라면 난 매화십이검에 점수를 좀 더 주고 싶구나. 이유는 방금 전에도 말했듯이 부드러움과 강함이 완벽한 균형을 이루었기 때문이다."

장광은 알 듯 말 듯한 표정으로 고개를 갸웃거렸다.

삼불신개가 찻잔을 거칠게 내려놓으며 호통을 쳤다.

"답답하긴. 간단히 말해 자하검법이 천하절색의 미인이라면 매화십이검은 단순히 미모는 그에 미치지 못할지 모르나 고운 심성에 뛰어난 재주까지 제대로 갖춘 미인이라는 말이다. 네놈이라면 어떤 여인을 마누라로 삼겠느냐?"

"재, 재색을 겸비한……."

"그러니까 매화십이검이다. 이제 알겠느냐?"

"그, 그렇군요."

장광이 고개를 끄덕였다.

삼불신개의 말에 뭔가가 명확해지는 느낌이었다.

"자하검법도 재색을 겸비하긴 하였지요. 일반 제자들이 접할 수가 없어서 그렇지."

영호은의 말에 삼불신개가 심드렁히 대꾸했다.

"접근한다 해도 제대로 얻을 놈이 몇이나 될까? 노부가 알기엔 자하검법은 소림사의 달마역근경만큼이나 난해한 검법이야. 틀리느냐?"

삼불신개가 유대웅에게 고개를 돌렸다.

"저야 모르지요. 익혀본 적이 없으니. 그래도 사형들이 그리 고심하는 것을 보면 어르신의 말씀이 어느 정도는 맞는 것 같습니다."

"능글맞은 녀석."

삼불신개가 못마땅한 듯 바라보자 씨익 웃은 유대웅이 입을 열었다.

"한데 어르신. 한 가지 궁금한 것이 있습니다."

"뭐가?"

"연무장에서요. 갑자기 싸움을 중단하시지 않았습니까? 그 이유가 뭔지 궁금합니다."

질문을 던지는 유대웅의 얼굴에서 은연중 긴장의 빛이 피어올랐다. 그때도 그랬지만 단순히 친우의 제자라는 이유로 싸움을 멈춘 것 같지는 않다는 확신이 들었기 때문이었다.

유대웅을 바라보는 삼불신개의 눈빛이 묘하게 빛났다.

"그거야 네놈이 더 잘 알지."

"예?"

"시치미 떼지 마라. 잘 하다가 갑자기 엉뚱한 무공을 사용하려고 하지 않았느냐? 그 뭣이냐, 패왕칠검이던가?"

"헉!"

유대웅의 입에서 자신도 모르게 헛바람을 들이켰다.

"어, 어르신께서 그, 그걸 어찌……."

그렇잖아도 커다란 눈이 보름달처럼 커졌다.

"놀라긴. 어디 하나 더 말해볼까? 그 전에."

삼불신개가 영호은에게 고개를 돌렸다.

"대략 일 년쯤 되었나? 장강에 무슨 일이 일어났는지 자넨 알고 있나?"

삼불신개가 왜 갑자기 그런 질문을 던지는 것인지 잠시 의문을 가졌던 영호은은 그만한 이유가 있으리란 생각에 아는 바를 대답했다.

"와호맹이라는 곳에서 일통을 하지 않았습니까? 이후 장강수로맹이라 이름을 바꾸고 한참 힘을 기르는 중으로 압니다."

"소개하지. 이 녀석이 바로 그 장강수로맹의 맹주라네."

"예에?"

들고 있던 찻잔을 떨어뜨리는 영호은.

평소 차분하기 그지없던 그의 성정을 생각하면 실로 놀라운 일이 아닐 수 없었다.

한쪽 구석에서 차를 마시는 척하며 귀를 쫑긋 세우고 이야기를 듣던 장광의 반응 또한 가관이었다.

유대웅이 장강수로맹의 맹주라는 말에 놀란 장광은 자신도 모르게 입안에 고였던 찻물을 삼키다 사레가 들리고 말았는데 한참을 끅끅대며 딸꾹질과 토악질을 하던 중 위에 있던 토사물이 올라오며 기도가 막히고 말았다.

영호은이 시뻘게진 얼굴로 바닥에 쓰러져 발버둥을 치는

그를 구하지 않았다면 그대로 질식하고 말았을 터.

자신이 한 말로 인해 엉뚱한 사람의 목숨을 빼앗을 뻔한 삼불신개는 어이가 없다는 듯 바닥에 누워 숨을 고르고 있는 장광을 바라보며 혀를 찼다.

"쯧쯧, 미련한 놈 같으니."

"죄, 죄송합니다."

장광이 낯빛을 붉히며 어쩔 줄을 몰랐다.

"됐다. 이놈아. 입이나 다물고 있거라."

"아, 알겠습니다."

그사이 놀란 가슴을 진정시킨 유대웅이 심각한 표정으로 물었다.

"어찌 아신 것입니까, 어르신? 혹 개방에서 조사를 한 것입니까?"

삼불신개가 코웃음을 쳤다.

"조사는 무슨. 말코가 얘기를 해줬으니까 아는 것이지."

"사부님이요?"

유대웅이 깜짝 놀라 되묻자 삼불신개가 버럭 화를 냈다.

"이놈아! 내 이래 봬도 까탈스럽기 그지없는 네 사부의 하나뿐인 친구다. 그 정도 얘기쯤은 털어놓을 수 있는 친구."

"그랬군요."

삼불신개는 이해했다는 듯 고개를 끄덕이는 유대웅에게

톡 쏘아붙였다.

"개방에서 네놈에 대해 조사를 한다는 것도 노부가 막았다. 대충 들어보니 하오문에서 뭔가 조작질을 한 것 같던데 그래 봤자 소용없어. 개방이 달리 개방이더냐?"

"하면 정무맹에서도……."

"그건 걱정하지 마라. 본 방에서 덮어버린 것을 제 놈들이 어찌 파내. 어림없지."

"그랬군요. 그래서 연무장에서도 제가 패왕칠검을 사용하려고 하자 싸움을 멈추신 거고요."

"그래. 말코가 하도 극찬을 하길래 한번 보고는 싶었지만 혹여 알아보는 놈이라도 있을까 봐 그랬다. 요즘 들어 덜떨어진 모습을 보이긴 해도 정무맹은 결코 만만한 곳이 아니니까."

"감사합니다, 어르신."

"말코의 당부도 있었으니까 감사할 건 없고. 자네도 어지간하면 입을 다물게나. 다시 말하지만 네놈도."

삼불신개는 여전히 놀란 눈으로 유대웅을 바라보고 있는 영호은과 장광에게 단단히 다짐을 받았다.

"알겠습니다. 굳이 알려져서 좋을 것은 없으니까요. 그나저나 대단하네. 자네가 바로 새롭게 무림십강의 이름에 오르내린다는 호면패왕(虎面覇王)일 줄이야."

"예? 호, 호면패왕이요?"

유대웅이 당황한 표정으로 되물었다.

"허허! 자네에게 붙은 별호도 모른다는 말인가?"

"어르신께 처음 들었습니다."

"그래? 화산에만 있어서 소문에 어두웠던 모양이군. 근자에 제법 유명세를 타고 있던데."

"저는 전혀 몰랐습니다."

"뭐, 그럴 수도 있지. 각설하고, 선배님의 말씀도 있고 하니 노부 역시 입은 다물고 있겠네."

"감사합니다."

유대웅이 머리 숙여 인사하자 삼불신개가 기다렸다는 듯 끼어들었다.

"감사할 것 없다. 그만한 조건이 있으니까."

"조건이라니요?"

"당분간 정무맹에 머물렀으면 좋겠구나. 조건이라기보다는 부탁이다."

삼불신개가 거침이 없던 평소의 성격과는 달리 다소 조심스럽게 말했지만 유대웅은 단호했다.

"불가합니다. 화산파의 사정을 잘 아시지 않습니까? 제가 정무맹을 찾은 이유도 이곳에 있는 제자들을 데리고 가기 위함입니다."

유대웅이 정색을 하고 대답하자 삼불신개가 한숨을 내쉬었다.

"안다. 하지만 상황이 좋지 않아."

"아무리 사정이 좋지 않다고 해도 본 문의 사정보다는 나을 것입니다."

"이놈! 장군가를 잊은 것이냐?"

삼불신개의 노기 띤 음성에 유대웅의 몸이 흠칫했다.

"지금 당장은 사사천교와 싸우고 있지만 장차 우리가 상대해야 할 적은 분명 장군가다. 사사천교 또한 장군가와 연관이 있다는 것이 노부의 생각이고."

"……"

"한데 놈들을 상대해야 할 정무맹은 지금 심각한 문제에 직면해 있다."

"문제라니요?"

유대웅이 한풀 꺾인 음성으로 물었다.

"고여 있는 물은 반드시 썩게 마련인 법. 정무맹이 바로 그 꼴이다."

"정무맹엔 마황성과 혈사림과 같은 큰 적이 있습니다. 늘 긴장 상태였을 텐데요."

유대웅이 이해하기 힘들다는 표정을 지었다.

"아픔도 오래되면 무뎌지듯이 긴장이 오래되다 보니 그 또한 익숙해지고 만 게지. 지금은 서로 밥그릇 싸움에만 정신이 없어. 이런 상황에선 장군가와 같은 대적을 상대할 수가 없다."

"그렇다고 해도 저 혼자의 힘으로 무엇을 할 수 있겠습니까?"

"혼자가 아니다. 우리가 도와줄 것이다."

영호은이 덧붙였다.

"그리고 작금의 정무맹을 걱정스런 눈으로 보는 많은 이가 힘을 보탤 것일세."

"음……."

한참이나 생각에 잠겼던 유대웅이 곤혹스런 표정으로 입을 열었다.

"아무리 생각해도 힘들 것 같습니다."

"어째서?"

삼불신개의 음성에 짜증이 묻어났다.

"화산파의 상황이 너무 좋지 못합니다. 어느 정도 방비는 해두었지만 근본적인 대책은 되지 못합니다. 그런 상황에서 저와 제자들까지 정무맹에 있는 것은 무리라고 봅니다."

"그건 걱정하지 마라. 최근 사사천교와 치열하게 싸움을 벌이는 곳은 하남과 산동이다. 화산 인근 지역의 사사천교는 완벽하게 괴멸되었어. 게다가 사사천교 놈들도 생각이라는 것이 있다면 굳이 무너진 화산파를 다시 칠 생각은 하지 않을 게다. 그런 병력이라면 다른 곳을 치겠지."

"그래도……."

"그래도 불안하다면 개방의 정보력을 믿어보거라. 다른 곳의 인원을 빼서라도 화산파를 지켜줄 테니."

"투밀원에서 각별히 신경을 쓰도록 하겠네."

개방은 말할 것도 없거니와 투밀원의 정보력 또한 상상을 초월하는 것. 그들의 힘이라면 지난번과 같은 기습 공격을 당하지는 않으리란 생각이 들었다.

"후~ 말씀이야 고맙습니다만 그리되면 장강을 너무 오래 비워두게 됩니다. 화산파도 중요하지만 제겐 장강수로맹 또한 중요합니다."

"답답한. 장군가가 본격적으로 야욕을 드러낸다면 장강 또한 안전하지 못할 터. 정무맹이 건재해야 장강 또한 안전함을 왜 몰라."

삼불신개의 언성이 높아졌다.

영호은이 삼불신개를 진정시키는 사이 유대웅은 침묵을 지키며 생각에 잠겼다.

상념에 잠긴 시간이 길어졌다.

참지 못한 삼불신개가 몇 번이고 입을 열려고 했지만 그때마다 영호은이 그의 입을 틀어막았다.

그렇게 얼마의 시간이 흘렀을까?

생각을 정리한 유대웅이 심호흡을 하며 입을 열었다.

"알겠습니다. 정무맹에 남겠습니다."

"진즉에 그럴 것이지. 뭘 그리 뜸을 들여!"

호통을 치는 삼불신개의 언성은 높았지만 표정은 밝았다.

"잘 생각했네."

영호은도 흐뭇한 미소로 고개를 끄덕였다.

"제가 무엇을 어떻게 하면 되겠습니까?"

"화산파에 배정된 장로직이 공석이니 일단 그것을 깔고 앉는 것이 우선이겠지. 정무맹의 행보를 결정하는 의령회의에서 힘을 발휘하려면 장로라는 직함은 반드시 필요하다. 그래야 중도로 분류되는 이들이 힘을 실어줄 수 있고."

영호은이 삼불신개의 말을 이어받았다.

"한 달 정도 시간이 지나면 정무맹의 감찰단주 자리가 공석이 될 것이네. 마음 같아선 당장 앉히고 싶지만 아무래도 눈이 있으니 말이야."

"감찰단주요?"

"그렇네. 알고 있는지 모르겠네만 정무맹에서 감찰단과 집법당만큼 독립적인 기관이 없네. 뿌리까지 썩은 정무맹을 변화시키기에 그만큼 적당한 자리도 없지."

"정무맹주도 함부로 할 수 없다는 말은 들었습니다. 한데 그런 권한을 가지고 있으면서 어째서……."

유대웅이 이해를 하지 못하겠다는 표정으로 바라보자 영호은이 쓴웃음을 지었다.

"정무맹주야 그렇다 쳐도 의령회의의 권위까지 감당할 수는 없으니까. 감찰단과 집법당이 썩은 가지를 도려내고자 제아무리 노력을 해도 의령회의에 의해 가로막히고 말았네. 하지만 자네가 정무맹의 장로로서 의령회의에 참석하게 되면 상황이 바뀔 것이네."

"지금껏 의령회의는 사실상 구파일방과 오대세가의 협상으로 모든 것이 결정되어 왔다. 개방이나 소림, 화산이 가끔 반기를 들기는 했지만 역부족이었어. 오랜 세월 동안 뜻을 함께한 이들이기에 끝까지 강하게 반대를 하지 못하기도 했고. 뭐, 다수의 힘에 밀렸다고나 할까?"

삼불신개가 답답함을 토로하자 유대웅이 가볍게 웃으며 물었다.

"저라고 별수 있겠습니까?"

"화산파를 정무맹에서 철수시킨다고 한 놈이 바로 네놈이다. 지금껏 이토록 무식하게 일을 벌인 놈이 없었지. 우리가 원하는 것이 바로 그런 것이다. 지금까지의 관례나 인연 따위를 무시하고 옳다고 생각하는 일엔 그 어떤 눈치도 보지 않고 밀어붙일 수 있는 그런 정신이."

"하하하! 그저 화산파 하나 살려보겠다고 발버둥을 쳤던 것뿐입니다. 그래도 두 분께서 원하시는 것이 그런 것이라면 어느 정도는 할 수 있을 것 같습니다. 제가 워낙 반골 기질이 강해서요."

"그래서 네놈이 적임자라는 것이다."

삼불신개가 주먹을 불끈 쥐며 말했다.

"믿겠네."

영호은의 눈꼬리가 살짝 떨렸다.

"하하, 이것 참."

슬그머니 고개를 돌리는 유대웅.

그런 그를 바라보는 삼불신개와 영호은의 눈에는 기대감이 가득했다.

정무맹, 나아가 무림의 안위를 걱정하는 두 기인과 새로운 무림신성의 대화는 이후에도 한참이나 이어졌다.

* * *

유대웅이 정무맹에 큰 혼란(?)을 가져올 무렵 무림에서도 새로운 움직임이 시작되고 있었다.

변화의 바람이 가장 먼저 불어온 곳은 산동이었다.

과거 산동악가가 사사천교의 기습 공격에 괴멸을 당했을

때 세인들은 산동악가와 돈독한 관계를 유지하던 하후세가가
앞장서서 복수에 나설 것이라 생각했다.

어찌 된 일인지 하후세가는 침묵했다.

그다지 두드러진 활동을 하는 가문은 아니었지만 문제가
터진 이후엔 마치 봉문이라도 한 듯 일체의 움직임이 사라졌
다.

당연히 복수의 검을 들으리라 예상했던 이들은 그런 하후
세가의 행태에 실망을 금하지 못했고 사사천교에 겁을 집어
먹고 비겁하게 숨어버렸다며 많은 비난과 조롱을 토해냈다.

그럼에도 하후세가는 움직이지 않았다.

변명도 하지 않았다.

그저 침묵을 지킬 뿐이었다.

그런 하후세가가 마침내 사사천교를 향해 거친 사자후를
토해냈다.

그동안의 울분과 수많은 오해를 씻어내기라도 하듯 그들
이 토해내는 사자후는 하늘을 가르고 땅을 뒤흔들 만큼 엄청
났다.

산동의 동쪽 끝 위해(威海)에서 시작된 하후세가의 복수는
동쪽 해안 도시를 따라 촘촘히 이어진 사사천교의 지부들을
초토화하면서 세상에 알려졌다.

하후세가는 가히 노도와 같은 기세로 사사천교의 거점을

공략하기 시작했다.

하후세가는 정무맹에서도 제대로 찾아내지 못한 사사천교의 거점을 귀신같이 찾아내어 완벽하게 괴멸해 버렸는데 그들의 완벽한 기습과 포위 섬멸전은 사사천교의 기세에 불안에 떨던 산동의 무인들을 열광시켰다.

그동안 하후세가를 욕하던 이들은 비로소 하후세가의 침묵을 이해하기 시작했다.

하후세가가 사사천교의 위세에 겁을 먹은 것이 아니라 복수를 위해 잠시 숨을 골랐다는 것을, 점조직으로 이루어진 사사천교의 거점을 밝혀내기 위해 철저하게 위장한 것임을 깨달은 것이다.

산동악가의 복수를 위해 일어선 하후세가.

어느새 그들은 몰락한 산동악가를 대신하여 산동의 패자로 인정받고 있었다.

두 번째 바람은 강소성에서 시작되었다.

강소성 구산에 자리 잡은 천무장의 문이 활짝 열린 것은 만월이 뜨던 날이었다.

홍택호에 한줌 잿더미로 변해 버린 막내딸을 흘려보낸 천무장주는 피눈물과 함께 딸의 목숨을 앗아간 사사천교에 대해 복수를 다짐했다.

그동안 일체의 활동을 하지 않던 천무장의 문이 활짝 열리자 전 무림은 긴장을 할 수밖에 없었다.

복수에 불타는 천무장 병력을 이끄는 사람이 다름 아닌 철검서생 사도연이기 때문이었다.

한데 사도연뿐만이 아니었다.

파옥권(破玉拳) 개욱(介旭), 섬전귀(閃電鬼) 번창(樊暢), 강소일기(江蘇一奇) 문일청(文溢靑), 폭풍검협(暴風劍俠) 오자인(吳慈人) 등 과거 무림에 혁혁한 명성을 떨쳤던 고수들까지도 대거 모습을 드러냈다.

상상도 못한 고수들의 출연에 사람들은 의심의 눈초리로 천무장을 살피기 시작했다.

대체 그 많은 고수를 품고 있는 천무장이 어떤 곳이고 어떤 의도를 가지고 있는지 전혀 알려진 바가 없었다.

알 수 없는 불안감이 사람들의 마음속을 파고들었다.

그들은 두려운 마음으로 천무장의 행보를 지켜보았다.

얼마 지나지 않아 가히 폭풍과도 같은 기세로 사사천교를 쓸어버리던 천무장의 진정한 정체가 세상에 알려졌다.

천무장주가 검의 조종이자 불패의 승부사로 일컬어지는 만검신군의 후예라는 것.

또 한 번의 충격파가 무림을 뒤흔들었다.

충격도 잠시였다.

수백 년 동안 잊혔던 만검신군이란 존재에 대한 온갖 억측과 추측이 나돌기 시작했고 과연 천무장이 그들의 주장대로 만검신군의 후예인지를 의심하는 소문이 꼬리에 꼬리를 물고 퍼져 나갔다.

천무장은 별다른 설명을 하는 대신 무림의 명망있는 명숙들을 천무장으로 초대했다. 그리곤 그들에게 만검신군이 남긴 무공비급과 만검신군의 상징과도 같았던 묵룡검(墨龍劍)을 확인시켜 주었다.

모든 의혹이 해소되자 사람들은 언제 의심을 했느냐는 듯 전설의 귀환에 환호하고 또 환호했다.

헤아릴 수도 없는 많은 사람이 다시금 모습을 드러낸 만검신군의 전설을 확인하기 위해 천무장으로, 사사천교와 직접 싸우고 있는 전장으로 몰려들었다.

그리고 전설이 현실이 되었음을 직접 확인하곤 전율하지 않을 수 없었으니 정무맹 및 여러 문파와 힘을 합쳐 사사천교를 공략했던 하후세가와는 달리 천무장은 그들의 독자적인 힘만으로 강소성에 뿌리를 내린 사사천교를 완벽하게 괴멸해 버린 것이다.

강소성에 있는 사사천교의 지부와 지단을 모조리 쓸어버리는 것으로 일차적인 복수를 마쳤지만 천무장은 그에 만족하지 않았다.

천무장은 악의 근원이라 할 수 있는 사사천교의 총단을 궤멸시킴으로써 복수는 물론이고 무림의 평화에 기여하겠다는 선언과 함께 천천히 북진을 하기 시작했다.

천무장은 사사천교의 총단이 어디에 있는지는 밝히지 않았으나 그들의 행보에 조금의 머뭇거림도 없다는 것을 확인한 이들은 천무장이 정도맹에서도 찾지 못한 사사천교의 총단을 정확하게 파악하고 있다고 확신하며 초미의 관심을 가지고 지켜보았다.

한데 정작 무림의 이목을 한 몸에 받고 있는 천무장은 평상시와 다름없이 고요하기만 했다.

"현재 상황은 어떻습니까?"

만검신군의 무공을 익히기 위해 전력을 다하고 있는 한호가 다소 수척해진 얼굴로 물었다.

"정무맹의 무인들과 힘을 합친 하후세가는 현재 오련산(五蓮山)을 지나 서진하고 있고 우리 쪽 병력은 서주(徐州)를 지났습니다."

소숙이 벽에 걸린 지도를 짚으며 말했다.

"서주면 코앞이군요. 하후세가도 잘 해주고 있고요."

"예. 처음엔 산동악가의 복수를 외면한다며 많은 비난이 있었지만 지금은 그 비난이 칭송으로 변했습니다. 상당한 신망도 얻었고요. 정무맹과의 관계도 돈독하게 맺은 것 같습니다."

대업을 위한 첫 출발이 순조롭다는 생각인지 고개를 끄덕이는 한호의 얼굴은 어느 때보다 밝았다.

　"피해는 크지 않았다고 하던가? 하후세가의 힘이야 익히 알지만 사사천교 놈들도 만만치 않은지라 걱정이 조금 되는군."

　하백의 말에 소숙이 손사래를 쳤다.

　"피해랄 것도 없네. 놈들의 사정을 속속들이 알고 있는 상황에서 피해가 생기는 것이 오히려 이상하지. 뒤늦게 합류한 정무맹이야 꽤나 많은 인원이 죽어 나갔지만."

　"그거야 환영할 일이고."

　한백의 말에 다들 가볍게 웃음을 터뜨렸다.

　"한데 바로 밀고 올라가는 건가?"

　대장로 양조굉이 천무장 병력이 지났다는 서주 지역을 유심히 살피다가 물었다.

　"일단 속도를 늦추라고 연락은 보냈네."

　"하후세가와의 합류를 기다리는 것이로군."

　"아니. 그들은 그들 나름대로 움직일 것이네."

　언극이 재빨리 끼어들었다.

　"하면 무엇 때문에 속도를 늦추는 것입니까? 최대한 빨리 사사천교 놈들을 쓸어버리고 천무장의 힘을 보여줘야지 않겠습니까?"

한호는 주먹을 불끈 쥐는 언극의 모습을 보며 너털웃음을 터뜨렸다.

"이번에 함께 움직이지 못해서 몸이 근질거리는 모양이오, 태상호법."

"뭐, 조금 그렇기는 합니다."

"하하하! 너무 상심하지 마시오. 앞으로도 얼마든지 기회가 있을 테니까. 그리고 속도를 늦춘 것은 정무맹을 끌어들이기 위함이오."

"정무맹은 끌어들이다니요?"

언극이 눈을 크게 뜨고 묻자 소숙이 대신 설명을 했다.

"사사천교 놈들을 쓸어버리는데 굳이 우리 쪽의 피를 흘릴 필요는 없으니까. 다른 곳도 아니고 총단이네. 모르긴 몰라도 제법 치열한 싸움이 될 것이야. 놈들이 몽몽환을 대거 사용한다고 가정했을 때 피해도 상당할 것이고."

"피를 흘리는 역할을 정무맹에 맡기자는 말이군요."

"바로 그거네. 이미 작업도 들어갔지."

소숙의 시선이 취운각주 모진에게 향했다.

모진이 자세를 바로 하고 재빨리 입을 열었다.

"개방 쪽에 우리 쪽 병력이 어디를 향하고 있는지를 살짝 흘렸습니다. 바보가 아닌 이상 사사천교의 총단이 곡부에 있다는 것을 모를 수 없는 상황입니다."

"그래서 어찌 되었느냐?"

"정무맹의 정예들을 비롯하여 수많은 문파의 고수들이 은밀히 곡부로 이동 중인 것으로 파악되었습니다. 이미 상당수는 곡부 인근까지 접근했다고 하더군요."

"흥, 늘 굼벵이 같던 놈들이 그래도 이번엔 재빠르게 움직인 모양이군."

"천무장은 강소성에서 사사천교를 완벽하게 몰아냈습니다. 산동에서 하후세가의 활약도 엄청났고요. 정무맹의 도움을 받기는 했다지만 주역이 하후세가임은 누구도 부정 못하는 상황이니 정무맹으로선 제대로 체면을 구겼습니다. 그런 상황에서 사사천교의 총단마저 놓치고 싶지는 않았을 것입니다."

언극은 점잔만 빼고 앉아 있다가 발등에 불이 떨어진 정무맹의 꼴이 그렇게 고소할 수 없다는 표정을 지었다.

"사사천교에도 일러두었느냐?"

소숙이 물었다.

"예. 그곳에 계신 어르신께 정무맹의 움직임을 확실히 보고를 했습니다. 아마 지금쯤이면 대응책을 세우고 계실 것입니다."

모진의 말에 한백이 가볍게 한숨을 쉬었다.

"후~ 그 친구 얼굴을 못 본 지도 정말 오래되었군. 잘 지낸다고 하더냐?"

"사사천교에서 최고의 지위인 태사로 계십니다. 큰 불편함
은 없으신 걸로 압니다."

"꼭 그렇지는 않을 게다. 몸과 마음이 따로인 사람만큼 괴
롭고 힘든 사람도 없는 법이야. 장주."

"예. 숙부님."

"어떤 결과가 있든 그 친구의 공을 잊어서는 안 될 것일세."

"명심하겠습니다."

한호가 공손히 대답을 하자 좌중의 분위기는 어딘지 모르
게 무거운 기운이 내려앉았다.

소숙이 주위를 환기시키며 입을 열었다.

"자자, 그 친구에 관한 얘기는 나중에 해도 늦지 않네. 지
금은 정무맹과 사사천교를 어찌 상잔(相殘)시킬 것인지, 우리
의 등장을 얼마나 극적으로 세상에 알릴 것인지에 대해 신경
을 써야 할 때. 모진."

"예. 군사님."

"정무맹과 사사천교가 치열한 싸움을 끝낼 때까지 철검서
생이 이끄는 병력은 도착하지 않아야 한다."

"태사께 그에 대한 협조를 요청했습니다. 움직이는 길목에
서 매복이 있을 것입니다. 그것을 핑계로 걸음을 늦추면 됩니
다."

"보다 중요한 것은 정무맹이 우리의 도움을 받도록 만들어야 한다는 것이다. 빚을 지게 만들어야 해. 그러기 위해선 정무맹과 사사천교가 어떻게 싸우고 상황은 어찌 돌아가고 있는지 아주 면밀하게 파악을 할 수 있어야 한다."

"취운각의 모든 정보력을 집중하고 있습니다. 걱정하지 않으셔도 될 것입니다."

모진의 자신감 넘치는 대답에 고개를 끄덕이며 만족감을 표시한 소숙이 한호에게 말했다.

"아, 그리고 잠혼과 멸혼을 움직였으면 합니다."

"녀석들을요? 취운각의 지원을 위한 것입니까?"

"아닙니다."

"아니라면……."

한호가 고개를 갸웃거렸다.

"일전에 혈사림의 움직임이 심상치 않다고 보고를 드린 적이 있습니다. 기억하십니까?"

"그, 그랬던가요?"

소숙은 한호의 반문에 한숨을 내쉬었다.

"광의라는 미친놈이 몽몽환을 분석하여 복제하려 한다고 말씀드리지 않았습니까?"

"아, 그랬지요. 맞습니다. 기억이 납니다."

무릎을 탁 친 한호가 민망한 얼굴로 말을 이었다.

"이해해 주세요. 제가 요즘 정신이 없습니다. 만검신군의 무공이 생각보다 만만치 않아서요. 아무튼 그래서 어찌 된 겁니까? 제 기억이 맞다면 몽몽환이 복제당할 가능성은 별로 없다고 한 것 같은데요. 하루아침에 이뤄질 일이 아니라고요."

"그랬지요. 한데 제가 그 미친 인간을 너무 과소평가한 모양입니다."

소숙의 힘없는 대답에 한호의 안색이 살짝 굳었다.

"무슨 뜻입니까? 설마하니 광의라는 자가 몽몽환을 만들어냈다는 말입니까?"

"거의 완성단계에 이른 것으로 파악이 되었습니다. 무서운 것은……."

소숙이 말끝을 흐리자 다들 긴장된 표정으로 그에게 집중했다.

"어쩌면 부작용을 최소화한 몽몽환이 만들어질 수도 있다는 것입니다."

"말도 안 돼!"

"이럴 수가!"

몽몽환의 부작용을 해결하기 위해 얼마나 오랫동안 심혈을 기울여 왔던가. 그럼에도 뾰족한 해결책을 찾지 못했다는 것을 알고 있던 한백과 양조굉이 비명과 같은 신음을 토해냈다.

그나마 한호만이 평정심을 유지하고 있었다.

"그것이 사실이라면 문제가 되겠군요."

"문제 정도가 아닙니다, 장주님. 혈사림 놈들이 부작용이 최소화된 몽몽환을 손에 넣는다면 무림정벌의 대계에 큰 영향을 끼칠 수 있습니다. 최대한 빨리 대책을 세워야 합니다."

양조굉이 정색을 하며 말했다.

"대장로 말대로 심각한 문제일세, 장주. 놈들이 제대로 된 몽몽환을 사용하게 된다면 삼세에서도 약세로 꼽혔던 혈사림의 전력이 마황성은 물론이고 정무맹까지 훌쩍 뛰어넘게 될 걸세."

잔뜩 찌푸린 한백의 음성에도 염려가 가득했다.

"하하! 너무 걱정하지 마십시오. 차라리 잘된 일일 수도 있습니다."

"잘되다니요?"

"우리가 해내지 못한 몽몽환을 완벽하게 만들어준다는데 고맙지 않습니까?"

"허!"

한백과 양조굉이 어이가 없다는 표정으로 두 눈만을 꿈뻑일 때 언극이 넌지시 물었다.

"달리 떠오른 방법이라도 있으신 겁니까?"

"떠오를 것도 없소. 너무도 간단한 문제 아니오? 우리가 원했지만 만들지 못한 물건을 대신 완성한 인물이 있다면……. 광의라고 했던가요, 사부?"

"예."

소숙이 고개를 끄덕였다.

"그 인물을 빼오면 되는 겁니다. 아니면 아예 혈사림을 발아래에 놓는 방법도 있겠군요."

누가 들으면 혈사림이 동네 조그만 무관이라도 되는 듯하겠지만 혈사림은 무림을 삼분하는 삼세 중 하나였다.

"말처럼 쉬운 일이 아닙니다. 그리고 당장 혈사림은 칠 수 없다는 것은 장주님도 아시지 않습니까? 정무맹이 먼저입니다."

양조굉이 답답하다는 듯 소리쳤다.

"그럼 두 번째 안은 취소하는 것으로 하고. 첫 번째 안으로 움직이면 되겠군요."

"광의를 빼오자는 말씀입니까?"

"더 좋은 방법이 있습니까?"

한호가 입가에 미소를 띠며 질문을 던지자 양조굉이 곤혹스런 표정으로 입을 다물었다.

모진이 눈치를 살피며 조심히 입을 열었다.

"광의는 현재 모처에서 연구를 하며 혈사림에서 이중 삼중으로 보호를 받고 있습니다. 심지어 혈사림주보다 광의의 안전을 우선적으로 여기고 있다는 말이 있을 정도지요. 경계망을 뚫고 광의를 빼오는 것은 사실상 불가능합니다."

"과연 그럴까?"

"예?"

당황하여 되묻는 모진을 보며 한호가 혀를 찼다.

"답답하긴. 이런 문제를 툭 던져 놓곤 지금껏 침묵을 지키는 우리 군사께서 방금 전, 잠혼과 멸혼을 빌려달라고 말씀하셨잖아. 이미 거기에 답은 나와 있는 것이지. 제 말이 틀립니까?"

한호의 물음에 소숙이 뚱한 표정을 지으며 대답했다.

"아시면서 뭘 물으십니까?"

"저야 사부님을 믿습니다만 다들 걱정이 많군요. 구체적인 계획을 말씀해 주서야 얼굴들이 필 것 같습니다만."

"구체적인 계획일 것도 없습니다. 잠혼과 멸혼을 이용해 광의를 빼올 생각이니까요. 다만 그로 인해 무림정벌의 대계가 부분적으로 수정이 되어야 할 상황도 생길 수 있습니다."

"예를 들자면요?"

한호가 턱을 괴며 물었다.

"정무맹과 혈사림을 동시에 쳐야 할지도 모릅니다."

"필요하다면 그렇게 해야지요. 혈사림 또한 어차피 정리를 해야 할 대상이니까요. 현재 혈사림에 대한 작업은 어디까지 진행이 되었습니까?"

"삼 할 정도는 손에 넣었습니다. 하나, 중심이 아니라 외각이라 폭발력은 미미한 수준입니다."

"음, 삼 할이라면 생각할 것도 없군요. 일단 광의를 빼오는 것에 집중을 하지요. 더 도와드릴 것이 있습니까?"

잠시 생각에 잠겼던 소숙이 대답했다.

"광의에 집중되었던 경계를 다소 누그러뜨릴 필요가 있을 것 같습니다."

"어떻게요?"

"풍도를 움직여 주십시오."

"은환살문을요?"

"예."

조금은 의외였던 부탁에 듯 약간의 의구심을 보였으나 한호는 소숙의 의도를 금방 간파했다.

"그리하지요. 뭐, 적당히 소문도 내는 것이 좋겠군요. 은환살문에서 혈사림주를 노리고 있다고요."

"단순히 소문으로 끝내지는 않을 겁니다. 기왕 시작했으니 제대로 노려보라고 할 생각입니다."

"마음대로 하십시오. 혈사림주가 살수에게 당할 정도는 아니라고 봅니다만 그래도 상관은 없지요. 그 정도도 감당하지 못하는 인물이라면 애당초 신경 쓸 필요조차 없는 것이니까요."

차갑게 웃는 한호의 눈빛은 무섭게 가라앉아 있었다.

第十一章
맹량산(孟良山)

"아직 멀었나?"

당학운이 운산에게 선두를 맡기고 맨 후미에서 대원들을 따라가고 있는 도진에게 물었다.

"이제 곧 일차 집결지인 맹량산(孟良山)에 도착합니다."

당학운의 곁에서 걸음을 옮기던 유대웅이 슬쩍 물었다.

"얼마나 걸릴까?"

"지금의 속도라면 대략 반 시진 정도면 도착할 것 같습니다."

유대웅은 자연스레 하대를 했고 대답을 하는 도진은 지극히 조심스런 태도였다.

당연한 것이 삼불신개와 영호은의 부탁대로 화산파의 정무맹 철수를 취소하기로 결정한 유대웅이 곧바로 장로라는 직함을 받았기 때문이었다.

더구나 지금은 사사천교 총단을 공격하라는 명을 받은 묵검삼대의 노사로서 함께하고 있었다.

통상 호법들이 노사의 자격으로 병력을 따라나섰지만 제자들의 안위가 걱정된 유대웅은 스스로 노사를 자처하며 묵검삼대와 함께하기를 원했다.

그동안 몇 차례 있었던 의령회의에서 사사건건 자신들을 괴롭혀 왔으나 달리 어찌할 방법이 없어 괴로워하던 정무맹의 수뇌들은 유대웅의 요청에 쌍수를 들어 환영을 했다. 게다가 눈엣가시와도 같았던 당학운까지 그와 함께하기를 원하니 그야말로 잔치라도 벌일 판이었다.

"반 시진이라. 정확하게 약속된 집결시간이 언제까지지?"

"술시(戌時:오후7시부터 오후9시)까지입니다."

"그래? 시간이 제법 남았네. 장소도 딱 좋고."

'서, 설마. 또?'

도진이 불안한 눈초리로 바라보자 유대웅이 씨익 웃으며 말했다.

"뭐해. 준비시키지 않고."

불길한 예감은 어김없이 적중했다.

뭐라 얘기를 해봤자 씨알도 먹히지 않는다는 것은 그간의 여정을 통해 너무도 잘 알고 있는 터. 고개를 설레설레 내저은 도진이 전력을 다해 달리고 있던 대원들을 향해 명을 내렸다.

"묵검삼대! 정지!"

정신없이 내달리던 묵검삼대의 움직임이 멈추고 뿌연 흙먼지가 그들을 집어삼켰다.

흙먼지가 가라앉을 즈음 그들에게 다가간 도진은 기대에 찬 대원들을 보며 두 눈을 질끈 감았다.

"이곳에서 잠시 휴식을……."

도진의 말이 끝나기도 전에 다들 함성을 터뜨렸다.

전력을 다해 달리기를 무려 한 시진이었다.

숨이 턱밑까지 차오르고 심장이 터질 것과 같은 상황에 휴식이란 단어는 그야말로 가뭄 끝의 단비와 같은 것이었다.

도진은 대원들의 기쁨을 산산조각 내버려야 하는 자신의 입장을 원망하며 억지로 입을 열었다.

"휴식 시간은 일각. 휴식이 끝나면……."

도진은 차마 말을 잇지 못했다.

환호성을 멈추고 다들 멍한 눈으로 도진을 바라볼 때 유대웅이 도진의 어깨를 툭 쳤다.

"말을 하려면 끝까지 해야지. 중간에 말을 끊으니 다들 저리 맹한 표정을 짓지."

"또 합니까?"

황하련의 수적에서 얼떨결에 묵검삼대 대원으로 출세(?)를 하게 된 추뢰가 질렸다는 표정으로 물었다.

"물론. 방식은 전과 동일하다."

곳곳에서 한숨 소리가 흘러나왔다.

정무맹 내에서 치 떨리는 수련을 해왔던 화산파의 제자들은 유대웅이 묵검삼대를 따라오는 저의에 대해 상당한 의심을 했지만 설마하니 밖으로 나와서까지 수련을 하겠느냐며 단순히 자신들을 위한 배려라고 여겼다.

그러나 외성을 벗어나기가 무섭게 시작된 혹독한 수련에 그들은 자신들의 생각이 얼마나 치기 어린 것인지 뼈저리게 느낄 수 있었다.

애당초 유대웅이 노사를 자처하며 묵검삼대를 따라온 것은 그들을 걱정하는 마음이 가장 큰 이유였지만 다른 한편으로는 계속해서 수련을 이어가기 위함이기도 했다.

밖으로 나와서까지 혹독한 훈련을 이어가는 화산파 제자들의 모습을 보면서 묵검삼대 대원들은 내심 불안함을 감추지 못했다. 혹여 자신들까지 화산 제자들의 훈련에 참여하게 되는 것은 아닌지 걱정을 했다.

수련을 마치고 숙소로 돌아온 화산파 제자들의 몰골과 때때로 명문정파의 제자로선 감히 입에 담지 못할 불평을 토해내는 것을 보아왔던 그들은 유대웅의 훈련방식이 얼마나 거칠고 혹독한 것인지 너무도 잘 알고 있었다.

그런 불안감을 품고 있던 중 유대웅이 묵검삼대를 책임지는 노사의 지위와 권한을 들먹이며 훈련에 임하라고 명을 내렸을 땐 다들 올 것이 왔다고 생각했다.

반발을 하는 사람은 아무도 없었다.

유대웅이 어떤 실력을 지녔는지는 정무맹을 발칵 뒤집어놓을 때 똑똑히 보았으니까.

훈련 방법은 간단했다.

대원들은 자신과 비슷한 수준의 동료를 상대로 삼아 비무를 했다.

비무는 늘 실전처럼.

조금이라도 태만하거나 격렬함이 느껴지지 않으면 철저하게 대가를 치러야 했는데 웃으면서 벌을 내리는 유대웅의 모습은 지옥의 야차를 방불케 했다.

유대웅은 비무에서 패한 자들에게 가르침을 내린다는 미명하에 그들을 실로 혹독하게 굴려댔다.

비무에서 승리한 이들 또한 당학운과 영영에게 추가적으로 가르침을 받았지만 강도가 유대웅과 비할 바는 아니었다.

그런 훈련이 벌써 열흘째였다.

정무맹을 떠난 당일부터 시작된 훈련 덕에 일차 집결지까지 제 시간에 도착할 수 있을지 의문이 들었으나 묵검삼대의 이동 속도는 결코 느리지 않았다.

유대웅은 이동시 걷는 것을 용납하지 않았다.

그 또한 훈련의 일환이라며 다들 전력으로 달리게 했고 대원들의 체력이 완전히 방전될 때까지 몰아붙인 다음에야 비로소 휴식을 취하도록 조치했다.

그리고 지금, 일차 집결지를 코앞에 두고 또 다시 비무가 시작된 것이었다.

"이번에 진 놈들은 제대로 각오를 해야 할 거야. 아주 제대로 다뤄줄 테니까."

손마디를 꺾는 유대웅의 모습에 묵검삼대 대원들의 눈빛이 달라졌다.

무슨 짓을 해서라도 유대웅과 만나지 않겠다는 결의에 찬 모습들이었다.

열외의 대상이 되지 못하는 대주 도진마저 눈을 희번덕거리며 전의를 다졌다.

일각의 휴식은 눈 깜짝할 사이에 흘러갔다.

휴식이 끝남과 동시에 사방으로 퍼진 대원들은 각자의 상대를 찾아 무기를 곧추세웠다.

유대웅과 당학운, 영영이 그들 사이로 움직이는 것과 동시에 대지를 녹이는 한여름의 햇빛보다 더욱 뜨겁고 살벌한 비무가 벌어졌다.

유대웅으로부터 패자는 제대로 각오하라는 경고까지 받은 터라 들판 곳곳에서 벌어지는 비무는 실전보다 훨씬 더 치열하게 전개되었다.

유대웅의 손아귀에서 멀어지고 싶은 마음에 다들 눈이 벌게지며 혼신의 힘을 쏟아내는 것이었다.

유대웅과 당학운, 영영은 그런 대원들 사이사이를 헤집고 다니며 날카로운 눈으로 비무를 살폈다.

비무가 끝나고 서로간의 공방에 대해 적절한 지적과 함께 가르침을 주는 것이 그들의 의무였다. 행여나 죽을힘을 다해 애쓰는 대원들의 노력을 헛되이 하지 않겠다는 각오로 살피고 또 살폈다.

"아! 젠장!"

매섭게 상대를 몰아붙이다 단 한 번의 반격에 패배를 당한 운요의 얼굴이 노랗게 변했다.

"미안해요, 사형. 나도 살아야 했습니다."

나름 꼼수를 써서 겨우 승리를 거둔 운격이 도망치듯 물러나며 말했다.

"됐다. 당한 내가 실력이 부족한 거지."

고개를 푹 숙인 운요가 패자들이 하나둘씩 모여들고 있는
장소로 이동했다.

비무의 시간은 생각보다 길지 않았다.

이각 안에 승부가 나지 않으면 상대에 비해 실력이 부족했
다고 느낀 자가 스스로 패배를 선언하고 물러나는 것이 원칙.

이각이 되기도 전에 비무가 모두 끝나자 초천검을 어깨에
턱 걸친 유대웅이 자신의 아량만을 기다리고 있는 대원들에
게 걸어갔다.

"이거 내 경고가 약했나 보네. 이렇게 얼굴을 마주 보게 되
다니 말이야."

싱글거리며 내뱉는 유대웅의 말에 모여 있는 대원들의 얼
굴이 창백하게 변하기 시작했다.

"자, 그럼 시작해 볼까? 우선 운요 너부터."

가장 먼저 지목당한 운요가 마치 도살장에 끌려가는 소처
럼 처량한 표정으로 걸어왔다.

"처음 공격은 좋았다. 쾌섬지를 이용하여 운격을 당황케
한 것도 좋았고 낙일검의 날카로움 또한 적절했다. 특히 매화
삼십육검의 운용은 운격이 도저히 감당키 힘들 정도로 능숙
했다. 다만 그것이 너로 하여금 운격을 얕보게 만든 결정적인
이유가 되고 말았다. 검법 실력만큼은 뒤처질지 모르나 그래
봤자 종이 한 장의 차이뿐. 게다가 운격에겐 일발역전의 움직

임을 가능케 해줄 오행매화보가 있다. 매섭게 공격을 당하면
서도 참고 또 참으며 단 한 번의 기회를 노린 운격의 인내가
가져온 승리라고나 할까."

유대웅이 초천검을 운요에게 겨누었다.

"하지만 애당초 지금보다 완벽한 공격을 펼쳤으면 상대의
인내심이나 역공 따위에 당하는 일은 없었을 것이다. 지금부
터 네가 운격을 공격한 것과 똑같은 무공, 수준으로 공격을 하
겠다. 최선을 다해 막아보고 뭐가 다른지 느껴보도록 해라."

"예. 사숙조님."

운요가 긴장된 표정으로 검을 고쳐 잡았다.

하지만 자신의 차례를 기다리는 사람들은 모두 알고 있었
다.

똑같은 무공, 수준으로 공격을 한다고 해도 유대웅이 펼치
는 무공은 그의 말대로 결코 똑같은 수준의 무공이 될 수 없
다는 것을 말이다.

그들의 예상대로 유대웅의 공격을 받은 운요는 변변한 방
어도 해보지 못하고 무참히 쓰러져야 했다.

땅바닥에 대자로 누워 거친 숨을 몰아쉬는 운요가 입술을
질끈 깨물었다.

눈으로 따라잡지도 못할 정도의 공격을 받은 것은 아니었
다.

그랬다면 차라리 덜 억울했을 것이다.

오히려 너무 잘 보여서, 그럼에도 전혀 막을 수 없었다는 것이 허탈하고 한심해서 스스로에게 화가 날 뿐이었다.

운요의 얼굴을 바라보며 입꼬리를 살짝 올린 유대웅이 누군가에게 손가락을 까닥였다.

"다음."

"옛!"

대주인 도진에게 덤볐다가 아쉽게 패한 예도주가 입술을 꽉 깨물며 일어났다.

유난히 승부욕이 강한 예도주.

상대가 되지 못함을 알면서도 강한 상대만을 찾아 비무를 청하는 고집불통.

유대웅은 하루가 다르게 실력이 늘어가는 예도주의 모습에 겉으로는 무심한 표정을 유지했으나 내심으론 흐뭇한 미소를 짓고 있었다.

*　　　*　　　*

묵검삼대가 인근 들녘을 가득 채운 수수밭에 접어든 때는 서산노을이 하늘을 붉게 물들일 무렵이었다.

노을보다 더욱 붉은 빛의 수수는 어른 키 높이를 훌쩍 뛰어넘을 정도로 무성하게 자랐고 중앙엔 수수밭을 관통하는 농로(農路)가 있었다.

농로라 봐야 장정 두 사람이 어깨를 나란히 하고 가면 꽉 찰 정도로 좁았지만 이동하는 데는 전혀 문제될 것이 없었다.

"잘들 달리는군. 아까의 휴식이 보약이 된 것 같아."

수수밭을 헤집고 불어오는 거친 바람.

당학운은 제법 거친 바람을 단숨에 가르며 내달리는 대원들의 모습에 미소를 지었다.

"저래선 훈련이 되지 않습니다. 몸의 힘이 완전히 빠진 상태에서, 체력의 한계를 경험하고 그것을 뛰어넘었을 때 비로소 훈련의 성과가 나오는 것이지요."

유대웅은 쌩쌩한 묵검삼대의 모습이 영 마음에 들지 않는 눈치였다.

"그렇다고 오늘 밤에 움직일 수도 있다는데 파김치가 된 상태에서 집결지로 갈 수는 없는 노릇이잖은가."

비무가 끝나고 유대웅의 세밀한(?) 지도가 본격적으로 시작될 즈음, 상시로 연락을 취하던 묵검단의 본대에서 전서구 한 마리가 날아왔다.

묵검단 본대를 비롯하여 함께 움직이기로 한 몇몇 문파까지 이미 집결지인 맹량산에 도착했고 사사천교의 심상치 않은 움직임이 감지되어 묵검삼대가 도착하는 즉시 이동할 가능성이 높다는 전갈이었다.

유대웅은 상관없다면 계속해서 훈련을 주장했지만 당학운의 생각은 달랐다.

앞으로 어떤 일이 그들을 기다릴지 모르는 상황에선 당장의 훈련보다는 충분한 휴식을 통해 대원들의 몸 상태를 끌어올리는 것이 더욱 필요하다고 판단한 것이다.

당학운의 강력한 주장으로 일체의 훈련은 즉시 중단되었고 그때부터 꿀맛 같은 휴식이 주어졌다.

두 시진 정도의 짧다면 짧은 휴식이었지만 대원들에겐 그것만으로 충분했다. 특히 당학운이 그들을 위해 제공한 특별한 환약은 피로를 푸는 데 큰 도움이 되었다.

"그나저나 녀석들이 도착을 했는지 모르겠군."

당학운은 정무맹의 일원으로서 미리 작전에 투입되었던 당가의 식솔들을 떠올리며 말했다. 특히 만류하는 자신에게 혀를 내보이며 당해를 따라나선 당소진의 얼굴이 유난히 밟혔다.

"모두 도착했다고 했다고 하지 않았습니까?"

"그렇긴 하네만 어쩐지 마음이 놓이지 않는군."

"사서 걱정하십니다. 그것도 병이라더군요."

가벼운 농담을 던지며 당학운을 위로하던 유대웅의 머리카락이 때마침 불어올 바람에 가볍게 흩날렸다.

순간, 유대웅이 눈에 기광이 서렸다.

"모두 대기."

나직한 음성이었지만 앞서 달리던 묵검삼대 대원들의 귀에까지 또렷하게 새겨졌다.

"무슨 일인가?"

유대웅의 표정에서 심상치 않은 기운을 읽은 당학운이 착 가라앉은 음성으로 물었다.

"아무래도 이상하군요. 느낌이 좋지 않습니다."

유대웅이 전신의 감각을 극대화하며 주변을 살폈다.

딱히 어떤 움직임이 감지되지는 않았지만 신경을 자극하는 묘한 뭔가가 있었다.

"사서 걱정하는 것은 내가 아니라 자넨 것 같군. 아무런 이상도 없는데 말이야."

잔뜩 신경을 곤두세웠던 당학운은 자신의 기감에 아무것도 걸리는 것이 없자 굳었던 인상을 펴며 말했다.

하지만 유대웅의 안색을 펴지지 않았다.

"영영."

유대웅의 부름에 영영이 서둘러 달려왔다.

"예. 사숙."

"아무래도 이상하다. 네가 주변을 좀 살펴봐야겠다."

유대웅이 살짝 무릎을 굽히고 양손에 깍지를 끼자 그가 무엇을 원하는지 곧바로 이해한 영영이 몇 걸음 뒤로 물러나더니 귀원신공을 운용하며 몸을 가볍게 했다.

영영과 시선을 주고받던 유대웅의 고개가 살짝 끄덕여지고 신호를 받은 영영의 몸이 튕겨지듯 달려나오며 깍지 낀 유대웅의 손을 디딤대 삼아 하늘 높이 뛰어올랐다.

극성의 암향표에 발을 딛는 찰나 유대웅의 힘까지 더해지자 영영의 몸은 순식간에 십여 장 가까운 높이로 치솟았다.

하늘 높을 줄 모르고 치솟던 몸이 그 동력을 잃고 천천히 하강을 시작할 때 영영은 안력을 집중하여 사방을 살피기 시작했다.

온 세상을 붉게 물들인 노을에 붉은 수수밭까지.

뭔가를 발견하기가 쉽지는 않았지만 그녀의 날카로운 눈은 수수밭이 끝나는 경계선에서 교묘하게 위장된 병력을 찾아내는 데 성공했다.

안정적으로 착지에 성공한 영영이 한기가 피어나는 얼굴로 말했다.

"적입니다."

놀라는 다른 이들과는 달리 유대웅은 그럴 줄 알았다는 듯 무심한 얼굴로 물었다.

"몇 명이나 되는 것 같더냐?"

"위장하고 있어 정확히 확인되지는 않지만 꽤나 많았어요."

"위치는?"

"오십여 장 밖, 수수밭이 끝나는 경계점에 반달 모양으로 숨어 있습니다."

"우리의 이동 경로를 제대로 파악하고 있었다는 말이군. 장소도 이만하면 최적으로 고른 셈……."

수숫대 하나를 무의식적으로 꺾으며 쓴웃음을 짓던 유대웅의 고개가 홱 돌아갔다.

"공격이다!"

그의 말이 끝나기가 무섭게 수숫대 사이를 교묘하게 파고들며 수십 발의 화살이 날아들었다.

"조심해."

"뭉쳐 있지 말고 산개해! 어서!"

유대웅과 당학운이 번갈아 소리쳤고 대원들의 반응도 빨랐지만 갑자기 날아든 화살의 속도를 완전히 이겨낼 정도는 아니었다.

"으악!"

곳곳에서 비명이 터지기 시작했다.

화살은 이후에도 끊임없이 날아들었다.

날도 어두워진 데다가 수숫대 사이를 헤집고 날아들기 때문에 화살의 방향을 예측하기가 너무도 힘들었다.

수수밭을 휘감고 도는 바람 소리.

그 바람을 파고들며 날아오는 화살의 파공성.

바람과 화살에 시달리는 수숫대들의 마찰 소리.

간간이 터지는 나직한 신음과 비명, 욕설이 수수밭을 가득 메웠다.

"영영, 운종, 추뢰는 나를 따라와라."

유대웅이 잠시 웅크렸던 몸을 피며 말했다.

"뚫을 셈인가?"

당학운이 목덜미로 날아든 화살을 가볍게 쳐 내며 물었다.

"예. 이대로 있다간 피해만 커질 듯하군요. 언제까지 화살받이 역할을 할 수도 없는 노릇이고요."

"함정을 파고 기다릴 게야."

"부수면 됩니다."

간단히 대꾸하는 유대웅.

그 모습에 움찔한 당학운이 분위기에 어울리지 않는 웃음을 터뜨리고 말았다.

"내가 잠시 멍청했군. 자네가 누구인지를 잊고 있었다니 말이야. 앞장서게. 노부도 함께 가도록 하지."

고개를 살짝 끄덕이는 것으로 고맙다는 인사를 한 유대웅이 초천검을 풍차처럼 휘두르며 달리기 시작했다.

적진에서 유대웅의 움직임을 간파한 것인지 그를 향해 화살이 집중되기 시작했으나 초천검을 뚫는 화살은 단 하나도 없었다.

몇 번의 호흡도 지나지 않아 단숨에 수수밭의 경계에 도착한 유대웅의 손에는 어느새 낚아챈 십여 발의 화살이 들려 있었다.

유대웅의 몸이 허공으로 도약했다.

당학운 등이 그 거대한 몸짓이 어떻게 그리 유연하고 가볍게 뛰어오를 수 있는지를 감탄하는 사이 정점에 이른 유대웅이 화살을 뿌렸다.

특별한 암기술을 익힌 것도 아니었지만 화살은 그 어떤 암기보다 빠르고 날카롭게 적진을 향했다.

"컥!"

"크윽!"

화살이 날아간 방향에서 짧은 비명이 터져 나왔다.

"영영과 추뢰는 적의 궁수대를 쳐라."

초천검을 흔들며 지시를 내린 유대웅이 적진 한가운데로 뛰어들었다.

영영의 신형이 좌측으로 이동을 하고 추뢰는 반대쪽 궁수대를 막기 위해 몸을 날렸다.

잠시 멈칫하던 당학운도 추뢰 쪽으로 움직였다.

일단 명을 내리긴 했지만 추뢰의 무공으론 적의 궁수대를
제압한다는 것이 불가능하다고 여긴 유대웅이 전음을 보내
지원을 요청했기 때문이었다.

"막아라!"

풍운기주 석익(石翊)이 목이 터져라 소리쳤다.

첫 번째 화산혈사에서 선봉에 섰던 풍운기는 기주 전유를
비롯해 대부분의 대원이 목숨을 잃은 뒤 완전히 재구성이 되
었는데 개개인의 실력은 조금 떨어졌지만 수적으로 훨씬 많
은 인원이 배치되어 전체적인 전력은 그때보다 낫다는 평가
를 받았다.

특히 기주 석익은 기적처럼 몽몽환의 부작용을 극복해 낸
몇 되지 않는 인물이었다. 그로 인해 몸에 어떤 변화가 온 것
인지 이후 놀라울 정도로 실력이 늘어 지금은 사사천교에서
도 손꼽히는 고수로 성장한 상태였다.

"일조와 이조는 저 계집을 막고 부기주는 삼조와 사조를
이끌고 저 늙은이를 쳐라. 오조와 육조는 나와 함께 저 괴물
을 막는다."

빙매화 영영, 그리고 추뢰를 도와 궁수대를 공격하는 노인
인 당학운임을 알아본 석익이 재빨리 병력을 나누어 공격을
명했다.

두 번에 걸친 화산혈사 이후, 영영은 사사천교에서 반드시

척살해야 하는 대상으로 점찍을 정도로 두렵고 무서운 존재였고 어쩌면 그 이상으로 무서운 사람이 바로 당학운이었다.

그럼에도 명을 내리는 석익은 그다지 당황하거나 두려워하는 표정이 아니었다.

그는 그 나름대로 믿는 바가 있었다.

현재 풍운기의 모든 대원은 몽몽환을 복용한 상태였다.

몽몽환의 부작용이 알려진 이후, 수뇌부는 몽몽환을 기존 사사천교의 병력이 아니라 새롭게 유입된 자들에게 주로 복용케 하여 정무맹과의 싸움에서 희생양으로 삼게 했다.

그런데 상황이 여의치가 않았다.

동쪽에서는 하후세가가 주축이 된 병력이 서진하고 있었고 남쪽에선 강소성의 사사천교 세력을 초토화시킨 천무장이, 서쪽에선 정무맹의 정예들이 속속 몰려들고 있었다.

정무맹과 단독으로 붙어도 버거운 상황에서 천무장과 하후세가까지 더해졌다는 것은 그야말로 최악의 위기란 말이었다.

사방에서 밀려오는 적을 맞아 결사항전을 결의한 사사천교의 수뇌부는 결국 엄청난 양의 몽몽환을 준비하여 모든 수하에게 복용을 시켰다.

몽몽환의 부작용을 알면서도 수뇌부의 조치를 거부하는 사람은 아무도 없었다. 다들 사사천교를 지키기 위해서 기꺼이 목숨을 바치겠다는 신념으로 가득 차 있었기 때문이었다.

'제아무리 뛰어난 무공을 지닌 계집과 당가의 고수라 해도 문제가 되지 않는다. 다만 저 덩치만큼은 미지수인데.'

사사천교와 악연이 많은 영영은 물론이고 당학운의 실력까지 속속들이 파악을 하고 있었던 석익은 무지막지한 힘으로 수하들을 몰아붙이는 유대웅을 보며 인상을 찌푸렸다.

그에 대한 정보는 몇 가지 되지 않았는데 그 내용들이 하나같이 범상치 않았다.

어린 나이에 화산파의 어른이라는 것도 그렇고 전대 천하제일인이었던 화산검선의 숨겨진 제자라는 것도 놀라운 일이었지만 개방의 손꼽히는 고수였던 독개가 그에게 개망신을 당했다는 것은 그야말로 충격적인 일이었다.

추가로 삼불신개와도 대등하게 싸웠다는 말이 있었으나 정보를 수집, 분석하는 자들조차도 그건 있을 수 없는 일이라 외면하기까지 했다.

"어쩌면 사실일 수도……."

몽몽환을 복용하여 예전보다 배는 더 강해진 수하들의 합공에도 흔들림없는 유대웅의 움직임을 보며 석익의 몸이 살짝 떨렸다.

두려움은 아니었다.

극한의 고통 속에서 몽몽환의 부작용을 극복한 그에게 죽음의 공포 따위는 존재하지 않았다.

그저 강한 상대와의 싸움을 앞둔 무인으로서의 순수한 긴장감일 뿐이었다.

바람을 가르는 날카로운 파공음과 함께 사방에서 밀려드는 섬뜩한 검날들.

유대웅의 몸이 바람처럼 흔들리며 초천검이 춤을 추기 시작했다.

유대웅의 무시무시한 내력이 실린 초천검이 사위를 휩쓸었다

따따따땅!

초검과 부딪친 무기들이 모조리 박살이 났다.

"피해!"

석익이 깜짝 놀라 소리쳤지만 몽몽환을 복용하여 극도의 흥분에 휩싸인 이들은 전혀 물러서지 않았다. 오히려 괴성을 질러대며 더욱 거칠게 맞부딪쳤다.

일반적인 상대라면 죽음을 도외시 않고 덤벼드는 적의 모습에 당황을 하거나 두려움을 느낄 수도 있을 것이다.

하나, 상대는 유대웅이었다.

상대의 광포함 따위는 전혀 안중에도 두지 않는 강함을 지닌 절대자.

결과는 처참했다.

초천검이 움직일 때마다 끔찍한 비명 소리가 터져 나오기 시작했다.

"으아……!"

비명을 내지르며 쓰러지는 사내의 몸이 갑자기 멈칫하는가 싶더니 상체와 하체가 그대로 분리되며 주변을 붉게 물들였다.

"컥!"

초천검에 어깨가 노출된 사내가 단말마의 비명과 함께 나뒹굴었다. 제법 빠르게 대응을 한 덕에 목숨은 구했지만 왼쪽 어깨는 이미 완전히 박살이 난 상태였다.

겨우 몸을 일으키는 사내의 얼굴로 유대웅이 걷어찬 돌멩이가 날아들었다.

사내는 절망적인 표정으로 두 눈을 감았고 돌멩이는 사내의 얼굴은 흔적도 없이 뭉개 버렸다.

동시에 후미에서 접근하던 적을 머리에서 발끝까지 양단해 버린 유대웅의 시선이 다른 목표를 찾아 움직였다.

"지, 진정 괴물이로군."

촌각도 되지 않아 다섯 명의 수하를 잃은 석익이 입에서 감탄인지 비명인지 명확하지 않은 신음이 흘러나왔다.

유대웅이 그의 덩치만큼이나 무식하게 큰 검을 휘두를 때마다 그토록 용맹했던 수하들이 추풍낙엽처럼 무참히 쓰러져

갔다.

반격을 하지 않은 것도 아니었다.

죽음의 공포까지 잊게 만들어주는 몽몽환의 힘인지 아니면 사사천교에 대한 충성심의 발로인지 몰라도 풍운기의 대원들은 목숨이 끊기는 그 순간까지도 유대웅에게 일격을 가하기 위해 발버둥 쳤다. 다만 상대가 그런 노력마저 무의미하게 만들어 버릴 만큼 압도적이라는 것이 문제였다.

"크아악!"

온몸의 솜털까지 곤두서게 만들 정도로 처절하고 끔찍한 비명이 끊임없이 터져 나왔다. 그마저도 제대로 내뱉는 사람이 없었으니 유대웅의 손속은 마지막 단말마도 허락하지 않을 정도로 단호했다.

속수무책으로 쓰러지는 수하들의 모습에 더 이상 참지 못한 석익이 개중 강하다는 수하들과 합을 이뤄 유대웅을 공격했다.

"죽어랏!"

석익의 섬전과도 같은 공격은 풍운기주답게 확실히 다른 이들과는 위력 자체가 달랐다. 게다가 석익의 공격에 맞춰 치고 들어오는 대원들의 공격도 상당히 교묘했다.

유대웅이 석익을 향해 초천검을 찔렀다.

그다지 빠르지도 않은 공격이었으나 그 안에 담긴 교묘한

한 수를 눈치챈 석익이 황급히 방향을 바꿔 유대웅의 좌측 어깨 쪽으로 도약을 하더니 검을 내려찍었다.

기다렸다는 듯 좌우에서 공격이 이어졌다.

자살공격이라 해도 무방할 정도로 거친 공격이었다.

그 공격으로 유대웅을 어찌할 수 없다는 것은 그들도 알고 있었다.

설사 목숨을 잃는다 해도 유대웅과 초천검의 움직임을 조금이나마 방해를 할 수 있다면 그것으로 만족이었다.

복수는 기주인 석익이 해줄 것이니.

"훗!"

유대웅의 입가에 처음으로 미소가 걸렸다.

철저하게 분업이 된, 게다가 조공 역을 하는 이들의 목숨을 담보로 하는 적의 합공이 상당히 흥미로웠다.

수하들의 희생을 바탕으로 잡은 찰나의 기회.

혼신의 힘이 담긴 일검이 유대웅을 노리며 짓쳐들었다.

석익의 검이 목덜미에 내려꽂히는 순간, 유대웅의 몸이 환상처럼 사라졌다.

검을 휘두른 석익이 순간적으로 유대웅을 베었다고 여겼으나 그건 단지 잔상에 불과했다. 그의 검은 허무하게 허공을 갈랐을 뿐이다.

"아!"

석익의 입에서 아쉬움과 안타까움의 탄식이 터져 나왔다.

눈 깜짝할 사이에 석익의 공격권에서 완벽하게 벗어난 유대웅은 후미 쪽에서 공격의 기회만을 노리고 있던 두 사내를 덮쳤고 그들은 전혀 예상치 못한 유대웅의 움직임과 일격에 허망히 목숨을 잃고 말았다.

"기가 막히는군."

"독개 어르신과의 싸움도 대단하긴 했지만 설마하니 저 정도일 줄은 상상도 못했습니다."

석익과 그의 수하들의 합공을 한 몸에 받으면서도 오히려 상대방을 완벽하게 몰아붙이고 있는 유대웅의 실력에 막 수수밭을 빠져나와 전열을 가다듬던 묵검삼단 대원들은 입을 다물지 못했다.

"저쪽도 장난 아닙니다. 언제 봐도 대단해요."

화살에 당한 것인지 한쪽 어깨를 붉게 물들인 소학이 나비보다 부드럽게 움직이고 벌보다 매섭게 상대를 요격하는 영영을 가리키며 감탄을 했다.

"아무렴. 일전에 장 노사께서 빙매화의 실력을 인정하셨잖아."

도진이 전임 묵검삼대의 노사였던 장오학(張烏鶴)의 말을 떠올리며 말했다.

유난히 무공에 집착이 컸던 장오학은 묵검삼대의 노사로 부임하고 소문으로만 듣던 영영을 직접 만나게 되자 곧바로 비무를 신청했다.

몇 번이나 거절을 하였으나 체면불구하고 계속 이어지는 장오학의 청을 언제까지나 거절할 수 없었던 영영은 어쩔 수 없이 비무를 허락하게 되었다.

비공개로 열린 비무의 결과는 아무도 몰랐다.

두 사람 모두 비무의 결과에 대해 전혀 언급을 하지 않았기 때문이었다.

하지만 장오학이 예기치 않은 일로 묵검삼대를 떠나던 날, 비무의 결과를 늘 궁금해하던 도진을 비롯하여 몇몇 대원에게 영영의 정확한 실력에 대해 어렴풋이나마 설명을 해주었다.

정무맹에서 적어도 이십 위권에는 들어가리라는 폭탄과도 같은 말이었다.

말이 쉬워 이십 위권이지 정무맹에 머무는 이들이 각 문파를 대표하는 자들이라는 것을 감안하면 실로 엄청난 실력이 아닐 수 없었다.

그렇다고 믿지 않을 수도 없는 것이 영영과 직접 비무를 한 장오학이 패배를 인정하며 내뱉은 말이기 때문이었다.

하나, 장오학도 영영의 진정한 실력을 파악한 것은 아니었다.

화산검선은 영영이 실전 경험이 부족해서 그렇지 무공의 성취에서만큼은 그녀의 사부인 청정자의 실력을 뛰어넘었다고 했다.

현재 정무맹에 머무는 이들 중에서 청정자의 실력을 능가할 수 있는 이들이 몇 되지 않는다는 것을 감안했을 때 영영은 정무맹에서 최소한 열 손가락 안에 드는 고수라 해도 무방할 터였다.

"그래도 도와야 하지 않겠습니까? 적이 너무 많습니다."

아닌 게 아니라 시간이 흐르면서 그토록 영활하게 움직였던 영영의 움직임이 다소 둔해지는 것처럼 보였다.

예도주의 말에 도진이 어이가 없다는 듯 소리쳤다.

"그럼 구경만 하려고 했어? 놀러온 것도 아니고. 말이 되는 소리를 해야지."

예도주가 머쓱한 웃음을 지으며 물러나자 도진이 운산을 불렀다.

"운산."

"예. 대주."

"자네가 저쪽을 돕지."

도진이 영영을 가리키며 말했다.

"알겠습니다. 하면 대주는……."

"저 친구가 아무래도 불안하군. 당 노사께서 돕고 계셔도 숫자가 너무 많아."

도진의 말대로 우측의 궁수대를 괴멸시키기 위해 기세 좋게 적진으로 돌격했던 추뢰는 처음엔 상당한 선전을 하였으나 노도처럼 밀려드는 적의 공격에 이내 손발이 어지러워지고 내력의 수발이 원활하지 못해 몇 번이나 위기를 맞았다.

유대웅의 부탁을 받은 당학운이 최선을 다해 돕고 있어도 벌떼처럼 달려드는 적의 공세에 당학운마저 조금씩 부상을 당하게 되는 상황이 되자 더욱 몰릴 수밖에 없었다.

"하면 청풍 노사님은 어찌합니까?"

예도주가 유대웅을 가리키며 물었다.

도진이 피식 웃으며 되물었다.

"네가 보기엔 저분께서 당할 것 같으시냐?"

"음."

유대웅과 그를 쓰러뜨리기 위해 악을 써대며 수하들을 독려하는 석익을 물끄러미 지켜보던 예도주가 고개를 흔들었다.

"아니요. 죽었다 깨나도 그럴 일은 없을 것 같습니다."

"그러니까."

예도주의 어깨를 툭 친 도진이 우렁찬 목소리로 명을 내렸다.

"모조리 쓸어버려!"

"커흑!"

석익의 외마디 비명을 끝으로 치열했던 싸움은 끝이 났다.

유대웅은 힘없이 무너지는 석익과 그가 남긴 왼쪽 팔의 자상을 물끄러미 바라보았다.

"음……."

유대웅의 눈살이 살짝 찌푸려졌다.

이번 싸움에서 처음이자 마지막으로 당한 부상이었다.

그것도 몰릴 대로 몰려 가쁜 숨조차 제대로 쉬지 못하는 상대에게 당한 것이라 그런지 괜시리 더 아팠다.

"근성만큼은 인정해야겠군."

유대웅의 말을 들은 것인지 천천히 감기는 석익의 눈에서 희미하게 웃음이 묻어났다.

"사숙조님."

화산파의 제자들을 이끌고 영영을 도와 무사히 적을 물리친 운산이 팔을 타고 흐르는 피를 보며 깜짝 놀라 소리쳤다.

"소란 떨지 마라. 그냥 스친 것뿐이야."

유대웅이 가볍게 상처를 누르며 말했다.

"후~ 지독한 놈들. 사사천교 놈들의 집요함이야 익히 들어 알고 있었지만 막상 접하게 되니 상상을 초월하는군. 대체 죽음까지 초월할 정도의 믿음은 어디서 나오는 것인지."

당학운이 오랜 전투로 흐트러진 옷매무새를 가다듬으며
혀를 내둘렀다.

"종교지요. 특히 사이비 종교일수록 신도들을 혹하게 하는
뭔가가 있다고 하더군요."

"그래도 이건 정도가 과해."

"몽몽환의 영향도 있지 않겠습니까?"

"하긴, 그 또한 사람의 정신을 미약하게 만드는 물건이니
까. 아무튼 무섭군. 단 한 명의 도주자 없이 전원이 몰살할 때
까지 덤비다니 말이야. 대주."

"예. 어르신."

도진이 얼른 달려와 대답했다.

"우리 쪽 피해가 얼마나 되지?"

"열다섯이 죽었습니다. 부상자들도 꽤 나왔지만 몸을 움직
이지 못할 정도로 당한 인원은 둘 정도입니다."

당학운의 안색이 살짝 어두워졌다.

중상자 포함하여 열일곱이라면 묵검삼대 전력의 삼 할에
육박하는 인원이었다.

두 배가 훨씬 넘는 적의 규모와 실력을 감안해 보았을 때
기습 공격을 당하고도 그만한 피해라면 훌륭한 전과라 할 수
있었으나 그래도 뼈아픈 피해였다.

"운산."

유대웅이 조용히 불렀다.

"예. 사숙조님."

"제자들의 피해는?"

"셋이 부상을 당했습니다만 목숨에는 지장이 없습니다."

운산이 동료들의 눈치를 슬쩍 살피며 말했다.

화산파 제자들이 무사한 것은 다행스런 일이지만 동료들의 희생을 생각하며 드러내 놓고 좋아할 일도 아니었다.

"확실히 경험이 중요하다는 것을 알겠군."

도진으로부터 목숨을 잃은 자들의 신분을 전해 듣던 당학운은 그들 대부분이 이번에 새롭게 충원된 인원이라는 것을 확인하곤 새삼스럽다는 눈빛으로 묵검삼대 대원들을 바라보았다.

"운이 좋았습니다. 솔직히 놈들의 실력은 우리와 큰 차이가 없습니다. 만약 두 분 노사님과 영영의 힘이 아니었으면 피해는 훨씬 컸을 겁니다."

"꼭 그렇지도 않던데. 아까 싸우는 것을 보니 산전수전 다 겪은 사람들이 지닐 수 있는 여유가 보였어. 덕분에 놈들을 쉽게 쓰러뜨릴 수 있었고. 아무튼 다들 고생했네."

당학운이 어딘지 모르게 불안한 표정으로 도진과 대원들을 격려하고 있을 때 유대웅의 곁으로 다가온 영영이 불편한 표정으로 입을 열었다.

"아무래도 느낌이 좋지 않아요, 사숙."

"뭐가?"

"집결지인 맹량산이 눈앞인데 이런 매복이 있다는 것
은……."

유대웅은 영영이 무슨 말을 하고 싶어하는 것인지 이미 알
고 있다는 듯 고개를 끄덕였다.

"다른 이들도 우리처럼 공격을 당했을 가능성이 많다는 것
이겠지. 아, 다들 맹량산에 도착했다는 전갈을 보내왔으니 적
들이 아예 맹량산 자체를 공략했을 수도 있겠군."

"서둘러야 하지 않을까요?"

"서둘러야지. 그러고 보면 저분도 참 대단해."

유대웅이 도진 등과 이야기를 나누고 있는 당학운을 가리
키며 말했다.

"뭐가요?"

"맹량산이 위험하다는 것은 어르신도 이미 알고 있을 거
야. 당가의 식솔들이 걱정이 되실 텐데 아무런 내색도 하지
않으시니 말이야."

"그렇… 군요."

"마음이야 당장에라도 달려가고 싶으시겠지만 막 격전을
벌인 묵검삼대 대원들을 생각해서 차마 말씀을 못하시는 것

이지. 지친 몸을 무리해서 움직이다간 오히려 적에게 쉽게 당할 수 있으니까. 그래도 이건 아니지."

유대웅이 당학운과 도진 곁으로 성큼 다가갔다.

"이렇게 여유를 부릴 시간이 없다. 당장 움직일 준비해."

도진이 의아한 눈빛으로 쳐다보자 유대웅이 한심하다는 듯 바라보았다.

"우리를 기다린 완벽한 매복이었다. 그건 곧 놈들이 우리의 이동경로나 앞으로의 계획을 정확히 알고 있다는 말이야. 집결지가 맹량산이라는 것을 모를 리 없지."

"하, 하면……."

"그래. 놈들은 당연히 맹량산을 노릴 거다. 어쩌면 이미 시작되었는지도 모르겠고."

"시작되었다고 보는 것이 맞겠지."

당학운이 무거운 표정으로 말했다.

"아, 알겠습니다. 당장 준비토록 하겠습니다."

당황한 도전이 말까지 더듬으며 지친 몸으로 휴식을 취하고 있는 대원들에게 달려갔다.

"그런데 괜찮을까 모르겠군. 다들 지친 상태인데."

당학운이 조금은 걱정스런 표정으로 말했다.

"조금 지쳤으면 어떻습니까? 동료들을 구하러 가는 길입니다. 설사 목숨이 위험하다고 해도 다들 꺼리지 않을 겁니다."

유대웅의 말에 당학운은 별다른 말을 하지 않고 멀리 보이는 맹량산만을 가만히 응시했다.

＊　　＊　　＊

짙은 어둠이 천지에 내려앉았지만 사방에 피어오른 횃불 덕에 그 어둠마저 빗겨간 맹량산.

어둠 대신 벌써 한 시진째 이어진 처절한 싸움이 맹량산을 집어삼켰다.

가만히 듣고만 있어도 소름이 듣고 온몸을 부르르 떨게 만드는 듯한 끔찍한 비명이 귓가를 자극했다.

"죽어랏!"

"으아아악!"

날카로운 병장기 소리와 살기 띤 외침, 귀를 찢어발기는 비명이 맹량산을 뒤흔들었다.

"단주님. 방 노사께서 목숨을 잃으셨다고 합니다. 좌측의 묵검이대가 위험합니다. 지원을 해야 합니다."

중곽(中廓)의 다급한 얼굴에 묵검단주 왕욱(王旭)은 고개를 흔들었다.

"그쪽을 지원하다간 중앙이 뚫려. 중앙이 뚫리면 모든 것이 끝장이다."

"하지만 묵검사대가 괴멸된 상황에서 묵검이대까지 무너지면 적에게 완벽하게 포위되고 맙니다. 군웅들이 돕고 있지만 불가항력입니다."

"제길!"

왕욱의 입에서 욕설이 터져 나왔다.

묵검단에서 상대적으로 가장 전력이 약했던 묵검사대에 조금 더 신경을 썼어야 했다는 자괴감이 물밀듯 밀려들었다.

특히 자신의 판단이 조금만 빨랐다면 묵검사대의 괴멸만은 막을 수 있었을 터. 그러지 못한 것이 최악의 상황이 되어 돌아오고 말았다.

"묵검삼대의 소식은 없나?"

"아직 없습니다. 놈들이 이곳에서 함정을 파고 우리를 기다리고 있었다는 것을 감안하면 묵검삼대 역시 이곳과 같은 상황이라 예측됩니다."

"다른 쪽에서 지원을 기대할 수는 없나? 당가나……."

"그쪽도 근근히 버티는 상황입니다."

"최악이군."

왕욱은 쉽게 결정을 내리지 못했다.

그가 머뭇거리는 사이에 묵검이대의 피해는 급속도로 늘어갔다.

"단주님! 빨리 지원을 해야 합니다."

보다 못한 중곽이 다급히 외쳤다.

"알았다. 우선 두개조만 데리고 지원을 가도록 해. 더 이상의 병력을 빼는 것은 무리다."

"알겠습니다."

형편없이 부족한 인원이었으나 그 이상의 병력을 뺄 수 없다는 것은 중곽도 알고 있었다.

황급히 물러나는 중곽을 보며 왕욱은 이를 부득 갈았다.

"사사천교! 이런 함정을 파고 있을 줄은 몰랐다. 천하의 묵검단이 이런 꼴을 당하다니!"

그때, 한줄기 비웃음이 왕욱의 귓가로 스며들었다.

"천하의 묵검단이라. 스스로의 얼굴에 너무 금칠을 한다고 생각하지 않느냐?"

"웬 놈이냐!"

왕욱이 뒤쪽으로 번개같이 몸을 날리며 소리쳤다.

빠르게 따라붙는 그림자.

퍽!

왕욱은 자신의 옆구리에 작렬하는 통증에 외마디 비명을 지르며 비틀거렸다.

"호오. 그래도 단주라 이건가."

쓰러지지 않고 버티는 왕욱을 보며 감탄과 조롱이 뒤섞인 말을 내뱉은 이는 사사천교의 팔대장로 중 한 명인 변허(邊

墟)였다.

변허를 보는 왕욱의 눈빛이 마구 흔들렸다.

그가 눈앞에 나타났다는 것은 그를 막기 위해 움직였던 정탄(鄭彈) 노사가 당했다는 것을 의미하기 때문이었다.

"큭, 그 늙은이를 꽤나 믿었던 모양이군. 한데 안타까워서 어쩌지? 그 늙은이는 이미 차가운 고깃덩이로 변해 버린 지 오래인데. 그래도 너무 아쉬워하지는 마라. 어차피 금방 만나게 될 터이니."

입가의 웃음이 더욱 짙어진다고 느끼는 순간, 변허의 손에 들린 봉이 낭창낭창 흔들리기 시작했다.

심상치 않은 기운을 감지한 왕욱이 재빨리 몸을 틀 때 변허가 내지른 봉이 그의 어깨를 스치며 지나갔다.

무시무시한 회전에 옷이 찢기는 것은 물론이고 살점이 후두둑 뜯겨져 나갔다.

휘익!

피했다고 여긴 봉이 갑자기 방향을 틀어 목덜미를 후려쳐 왔다.

황급히 검을 치켜올려 막아는 냈지만 봉에 실린 힘을 감당하지 못하고 옆으로 밀려 나가떨어졌다.

왕욱은 들끓는 진기를 진정시키는 한편 신중히 검을 곧추세우며 전의를 불태웠다.

"늑골이 몇 대 나갔을 터인데 잘 버티는군. 곧 죽어도 자존심은 살아 있다는 건가?"

싸늘한 비웃음을 흘린 변허가 다시금 공격을 시작했다.

왕욱은 한 치도 물러서지 않고 필사적으로 검을 휘두르며 변허의 공격을 받아냈다.

전신이 붉게 물들고 검과 봉이 부딪칠 때마다 상당한 충격이 온몸을 뒤흔들었지만 초인적인 정신력으로 참아냈다.

"제법이군."

자신의 공격이 몇 번이나 무위로 돌아갔음에도 변허는 여유를 잃지 않았다. 마치 즐거운 놀잇감이라도 발견한 아이처럼 두 눈을 초롱초롱 빛내며 다가왔다.

"어디 이것도 막아보거라."

맹렬히 회전시키던 봉을 내지르며 웃음 짓는 변허와는 달리 단 몇 번의 충돌만으로 이미 심각한 내상을 당한 왕욱의 얼굴은 절망으로 물들어갔다.

사사천교의 갑작스런 암습으로 시작된 싸움도 어느새 한 시진째에 접어들었다.

묵검단을 필두로 사사천교의 총단을 치기 위해 맹량산에 모여든 정무맹의 규모는 상당했다.

그들을 치기 위해 동원된 사사천교의 전력도 만만한 것은 아니었다.

주력은 사사천교에서도 가장 강력한 무력을 지녔다고 알려졌으되 지금껏 외부에 모습을 드러내지 않았던 열화기였고, 풍운기가 힘을 보탰으며, 과거 화산파를 공격하다가 상당한 인원이 목숨을 잃어 그 수가 확 줄어든 만인당의 고수들까지 몽몽환을 복용하고 전보다 몇 개 강력해진 전력으로 참여했다.

싸움은 만인당 고수들의 기습 공격으로 시작되었다.

무시무시한 살수를 뿌려대는 만인당을 막기 위해 수많은 무인이 달려들었지만 무용지물이었다.

제법 한다 하는 고수들도 이십여 합을 견디지 못하고 목숨을 잃기 십상이었고 다들 변변한 반격조차 해보지 못하고 허무하게 목숨을 잃고 말았다.

당해와 그가 지휘하는 당가의 무인들이 움직이고 나서야 겨우 그들의 발걸음을 멈출 수가 있었다.

팔기대가 펼치는 십방멸극진의 위력은 무림에서도 알아줄 정도로 대단한 것이었다. 하나, 팔기대 전원이 함께하는 십방멸극진이 아닌지라 그 위력이 상대를 완벽하게 제압하지는 못하고 그저 견제하는 정도로 만족해야 할 정도로 현저하게 약해져 있었다.

전격적인 기습에 성공을 거두었고 만인당의 종횡무진한

활약에 힘입어 초반 기세는 사사천교가 제압을 한 상태.

묵검단과 군웅들은 반격의 실마리를 좀처럼 찾지 못하고 점점 무너지고 있었다.

"좌측에서 완벽하게 승기를 잡았습니다. 놈들은 이제 끝장입니다."

전총(田總)의 흥분한 말에도 열화기주 조성하(趙成廈)는 냉정함을 잃지 않았다.

"장담하지 마라. 함부로 예측도 하지 마라. 기세를 탔을 때 최선을 다해 끝장을 내야 한다."

거머쥔 승기를 절대로 놓치지 않겠다는 자세였다.

조성하는 냉철한 눈으로 전장을 살폈다.

열화기에서도 가장 열혈(熱血)인 임격(林擊)이 좌측 진형을 완전히 무너뜨리고 있었고 정반대의 성격을 지닌 단창(旦滄)은 신중하게 우측을 공략하고 있었다.

"중앙도 곧 뚫을 수 있겠군."

조성하는 상대 쪽의 가장 뛰어난 고수라 할 수 있는 정탄을 무너뜨리고 왕욱까지 농락하는 변허를 보며 완전히 승기를 잡았다고 생각했다.

적의 숫자가 여전히 많기는 했지만 적진의 주축이라 할 수 있는 묵검단이 무너지면 나머지는 지리멸렬할 것은 분명했다.

"풍운기의 피해가 너무 큽니다. 이쯤에서 뒤로 물리는 것이 좋지 않겠습니까?"

전총이 전장 가장 앞에서 누구보다 우직하게 싸우는 풍운기의 대원들을 가리키며 말했다.

자신들에게 절반 가까이나 되는 수하들의 지휘권을 넘기던 석익의 불만스런 표정을 상기한 조성하가 피식 웃으며 말했다.

"몽몽환을 복용했으니 어차피 쓸모없는 놈들이다. 태사의 말씀을 듣지 못했느냐? 이따위 싸움에서 우리의 전력을 낭비할 수는 없다. 우리에겐 더 큰 꿈이 있고 활약할 전장이 있다는 것을 기억해라."

"알겠습니다."

전총이 송구하다는 표정으로 고개를 숙일 찰나 갑자기 전장을 뒤흔드는 함성과 비명이 들려왔다.

"으아악!"

"크아아악!"

난데없는 비명과 함께 사사천교의 일방적인 우위로 이어지던 흐름에 묘한 균열이 일었다.

"무슨 일이냐?"

조성하가 딱딱히 굳은 얼굴로 물었다.

"확인하겠습니다."

전총이 황급히 몸을 날렸다.

빠르게 전장을 살피는 조성하의 입에서 짧은 신음이 흘러
나왔다.

그의 눈에 왕욱의 머리통을 두부처럼 으깨 버리려던 변허
의 봉이 거대한 검에 의해 가로막히고 오히려 산산조각이 나
는 모습이 가득 담겼다.

第十二章
만천과해(滿天過海)

서주의 분타를 초토화시키면서 강소성에서 사사천교의 잔
재를 완벽하게 지워 버린 천무장은 사사천교의 총단을 향해
곧바로 북진을 하다가 강소성 서북단에 있는 대동산(大洞山)
에서 잠시 숨을 골랐다.

　열화기와 함께 사사천교에서 최고의 정예로 통하는 빙천
기가 대동산에 머물고 있는 천무장을 공격한 것은 그들이 대
동산에 도착하여 여장을 푼 바로 그날 밤이었다.

　천무장 병력을 물러나게 한다거나 치명타를 가하고자 하
는 의미는 아니었다.

빙천기가 사사천교를 대표하는 이들이기는 해도 그 짧은 시간에 강소성을 쓸어버리고 북상하는 천무장의 힘은 실로 감당키 어려운 것이었다.

다만 빙천기를 이용해 서쪽에선 정무맹이, 동쪽에선 하후세가를 중심으로 하는 연합세력이 압박을 해오는 과정에서 어쩌면 가장 강력하다 할 수 있는 천무장의 발걸음을 잠시나마 늦추고자 하는 수뇌진의 의도였다.

빙천기가 야간을 이용하여 치고 빠지는 작전으로 천무장의 움직임을 늦추는 사이 사사천교는 산동으로 몰려오는 정무맹을 우선적으로 쓸어버릴 계획을 세웠다.

하후세가로 대표되는 또 다른 세력은 후방에서 숨죽이고 있는 신도들을 이용한 교란 작전이 이미 시작된 상태였다.

천무장을 막으라는 막중한 임무를 가지고 야습에 뛰어든 빙천기는 사사천교 수뇌들의 기대대로 혁혁한 공을 세웠다.

천무장이 철저한 비밀에 붙였지만 첫 번째 야습에 무려 오십여 명이 넘는 인원이 목숨을 잃었다는 소문이 무림에 퍼졌다.

첫 번째 공격을 무사히 성공한 빙천기는 이후에도 집요할 정도로 천무장을 공격했고 첫날과 같은 성과는 얻지 못했어도 천무장의 전력을 야금야금 갉아먹는 데는 성공했다.

천무장의 강력한 반격과 추격으로 인한 빙천기의 피해 또한 엄청났다.

그래도 상관없었다.

전원이 몰살하더라도 천무장의 발걸음만 묶을 수 있다면 계획은 성공이었다.

목숨을 걸고 천무장의 발걸음을 막는 빙천기의 활약에 사사천교 신도들은 입에 침이 마르도록 찬사, 또 찬사를 보냈다.

그러나 빙천기의 활약 이면에는 아무도 모르는 비밀이 숨어 있었으니.

"빙천기의 녹광(綠光)이 어르신을 뵙습니다."

빙천기주 공풍룡(孔風龍)의 절대적인 신임을 받고 있는 부기주 녹광이 사도연 앞에서 무릎을 꿇었다.

"어르신을 뵙습니다."

녹광의 뒤에 시립하고 있던 빙천기의 대원들이 일제히 무릎을 꿇으며 예를 올렸다.

"고생했다. 밤이 깊었으니 자세한 얘기는 나중에 하도록 하고 일단 휴식을 취하도록 해라. 너희가 지낼 곳은 이미 준비를 해두었다."

사도연의 눈짓을 받은 사내가 한 걸음 앞으로 나오며 말했다.

"다들 따라오게."

"감사합니다, 어르신."

녹광이 다시금 머리를 조아렸다.

"이제 빙천기의 삼분지 이 정도가 넘어온 것인가? 한데 기주는 언제 넘어온다고 하더냐?"

"수삼 일 내로 최종공격을 감행한다고 합니다."

"그렇군."

사도연이 고개를 끄덕이자 녹광이 물러났다.

곁에 있던 섬전귀 번창이 뭐가 그리 마음에 들지 않는지 인상을 잔뜩 찌푸리며 말했다.

"군이 이렇게까지 해야 하는지 모르겠네. 그냥 이대로 북상하여 모조리 쓸어버리면 되는 것을."

"사사천교가 최종 목표가 아니니 그러는 것이지요. 정무맹과 사사천교가 제대로 충돌을 할 때까지 움직이지 말라는 명이 있었지 않습니까?"

"아무리 그래도 그렇지. 애들 장난도 아니고. 이런 장난질도 몇 번 하고나니 영 지겹네."

"원래는 가볍게 한두 번으로 끝내려는 계획이었던 것으로 압니다만 세작들이 설쳐대는 바람에 어쩔 수 없는 모양입니다. 빙천기를 별다른 의심 없이 이쪽으로 데려오는 방법으로도 좋고요."

"머저리들. 우리를 공격하다 모조리 죽은 줄 알겠군."

번창이 한껏 비웃음을 흘렸다.

"한데 이곳에서 머뭇거리다가 정무맹 놈들이 사사천교의 총단을 쓸어버리면 어찌 되는 것인가?"

"그쪽에 계신 선배님께서 사사천교의 총단을 완전히 요새로 만들었다고 하더군요. 하니 쉽게 무너지지는 않을 것입니다."

"하긴, 그분이 태사로 계시는 이상 녹록치 않겠지."

번창이 크게 고개를 끄덕이자 가만히 듣고 있던 파옥권 개욱이 넌지시 물었다.

"하지만 정무맹일세. 언젠가는 무너지지 않겠는가?"

질문의 답은 사도연이 아니라 문일청이 대신했다.

"답답들 하긴. 지난번에 설명을 할 때 뭣들 했는가? 계획대로라면 사사천교가 무너지기 전에 우리가 도착하게 될 것이네. 그리고 힘겨운 싸움을 하고 있는 정무맹을 돕는 역할을 하게 되겠지. 뭐, 생각외로 사사천교의 전력이 강해 정무맹이 곤경에 처한다면 우리가 구원자를 자처하며 모조리 쓸어버리면 되는 것이고. 어떤 식이든 정무맹은 우리에게 빚을 진다는 말일세. 내 말이 틀리는가?"

"맞습니다."

사도연이 크게 웃으며 고개를 끄덕였다.

"들었는가? 하니 이제부터라도 회의가 열리면 집중들을 하게나. 딴짓들 하지 말고."

"누가 딴짓을 했다고……."

"커흠!"

문일청의 호통에 번창과 개욱은 붉어진 얼굴로 슬그머니 고개를 돌리고 말았다.

정성스레 검을 손질하다 그 모습을 본 폭풍검협 오자인의 혀 차는 소리가 그들의 얼굴을 더욱 붉게 만들었다.

＊　　　＊　　　＊

"네놈은 누구냐?"

변허가 딱딱히 굳은 얼굴로 물었다.

들고 있던 봉은 이미 산산조각이 나 흔적도 없이 사라진 상태고 찢어진 손아귀에서 피가 철철 흘러내렸다.

간발의 차로 왕욱을 구해낸 유대웅은 변허의 질문엔 아무런 반응도 보이지 않은 채 초죽음이 된 왕욱에게 다가갔다.

"괜찮나?"

"누, 누구신지?"

죽음을 기다리고 있던 왕욱이 힘겹게 눈을 뜨며 물었다.

"전달 못 받았나? 이번에 묵검단의 노사로 임명된 사람."

"노, 노사라면······."

의혹이 가득 담긴 왕욱의 눈이 유대웅의 거대한 몸으로 향했다.

떠오르는 사람이 있었다.

정무맹을 발칵 뒤집고 모든 이의 주목을 한눈에 받은 사람.

"화, 화산파의 청풍 노사십니까?"

"알고 있었군."

"처, 처음 뵙겠습니다. 묵검단의······."

"됐어. 그 몸으로 인사는."

힘겹게 예를 차리려는 왕욱을 말린 유대웅의 그의 몸을 천천히 일으키다 눈매를 좁히며 입을 열었다.

"쓸데없는 짓 하지 않는 것이 좋을 게요. 그렇게 보채지 않아도 곧 상대해 줄 터이니."

기습공격을 하려는 변허에게 차갑게 경고를 한 유대웅은 단주의 위기를 알면서도 발만 동동 구를 수밖에 없었던 묵검단원에게 왕욱을 인계한 후 천천히 몸을 돌렸다.

그사이 변허는 수하가 건넨 새로운 봉을 손에 쥐고 있었다.

"네놈이 바로 화산파의 청풍이라는 놈이로구나."

유대웅은 사사천교에서 자신의 존재를 알고 있는 것에 조금 놀라기는 했지만 크게 의식하지는 않았다. 정무맹에서 그 큰 소란을 일으켰는데 모르고 있다는 것도 이상할 터였다.

"흥, 아직도 화산파 놈들이 설치고 있나? 아주 깨끗하게 정리를 했어야 했는데 말이야."

변허가 자신을 도발하는 것임을 알면서도 유대웅은 참지 못했다.

"그래. 잠시 잊고 있었군. 사사천교가 본 파에 어떤 짓을 했는지를."

유대웅의 눈에서 붉은 기광이 솟구쳤다.

"조만간 제대로 빚을 갚게 될 것이다. 이곳에선 그저 약간의 이자만 받도록 하지."

싸늘한 음성과 함께 초천검이 매섭게 움직이기 시작했다.

한데 목표는 변허가 아니었다.

"피해랏!"

자신을 향해 달려오던 유대웅이 갑자기 방향을 바꿔 중앙을 공략하고 있던 수하들에게 달려가자 변허가 황급히 그의 뒤를 쫓으며 소리쳤다.

하지만 이미 늦고 말았다.

절정의 암향표로 단숨에 적진에 도착한 유대웅이 당황한 적들을 향해 초천검을 휘둘렀다.

웅장한 검명, 대기를 가르는 파공성과 어둠을 밝히는 한줄기 빛이 사위를 휘감았다.

"으아악!"

반경 삼 장 안에 있던 이들의 입에서 동시다발적으로 비명이 터져 나왔다.

유대웅의 움직임도 확인했고 변허의 경고도 들었다.

그런데 몸이 움직이지 않았다.

유대웅의 전신에서 쏟아져 나오는 투기가 그들의 몸을 그대로 굳게 만들어 버린 것이다.

설사 몸이 움직였다고 해도 피하지는 못했을 것이다.

살심이 동한 유대웅의 공격은 화산파의 무공이라고 부르기 힘들 정도로 빠르고 강맹했으며 잔인했으니 그들의 도주를 용납하지 않았을 것이다.

유대웅의 육중한 몸이 다시금 움직였다.

거칠 것이 없었다.

초천검이 휩쓸고 간 곳은 그야말로 참혹하게 변해 버렸다.

단 몇 번의 공격에 기세 좋게 묵검단을 밀어붙이던 열화기는 열둘의 대원이 목숨을 잃었고 아홉이 큰 부상을 당했다. 부상도 대부분 사지가 끊기는 처참한 부상인지라 목숨을 잃은 것이나 다름없었다.

유대웅의 활약 덕에 사사천교의 압도적 우위에 있던 중앙의 전황은 단숨에 역전이 되었다.

"이, 이 무슨 말도 안 되는……."

변허는 눈앞의 참상에 말을 잇지 못했다.

조금 전까지만 해도 그렇게 믿음직한 수하들이 싸늘한 주검으로, 사지를 잃고 병신이 되어 피바다 속에서 간신히 명줄을 이은 채 꿈틀거리고 있었다.

동료의 죽음을 직접 목도한 열화기 대원들은 분노 대신 극심한 두려움과 공포감을 느끼는 듯했다.

그런 수하들을 보며 변허는 화를 낼 수가 없었다.

그 자신 또한 그들과 같은 심정이었으니까.

유대웅이 변허를 향해 천천히 고개를 돌렸다.

착 가라앉은 눈빛을 마주한 변허는 모골이 송연해졌다.

비로소 느낄 수 있었다.

'어, 엄청난 고수. 대체 언제 이런 고수가 화산에!'

그야말로 난데없이 나타난 고수였다.

화산검선의 제자라는 소문이 있었지만 설사 제자라 하더라고 나이를 감안했을 때 이 정도의 실력을 지녔다는 것은 도저히 이해하기가 힘든 일이었다.

게다가 사사천교에서도 으뜸가는 전투력을 지닌 열화기가 변변한 대응은커녕 아무런 반응도 보이지 못한 채 이십에 가까운 인원이 목숨을 잃거나 치명적인 부상을 당하고 말았다.

자신 또한 전력을 다한다면 상대하지 못할 것도 없었지만 이렇게 압도적으로 승리를 거둔다고 말할 수는 없었다. 최소한 팔다리 하나쯤은 내어줄 각오를 해야 할 것이다.

그런 열화기를 수수깡 베어버리듯 쓰러뜨린 유대웅의 검이 이제는 자신을 향하고 있었다.

조금 전 거친 분노를 드러냈을 때와는 달리 무심한 눈빛이었다.

그것이 더 두려웠다.

유대웅은 아무런 행동도 하지 않고 그저 변허를 향해 걸음을 내디뎠을 뿐인데 변허는 마치 천적을 눈앞에 둔 짐승처럼 두려움에 몸을 떨어야 했다.

"준비는 되었……."

유대웅은 말을 끝맺지 못하고 빙글 몸을 돌리며 초천검을 움직였다.

"컥!"

극한의 공포를 이겨낸 열화기의 한 대원이 후미에서 기습을 하다가 그대로 몸이 터져 나갔다.

"잔인한 놈!"

변허가 두 눈을 부릅뜨며 소리쳤다.

유대웅은 아무런 대꾸도 없이 그를 향해 초천검을 까딱였다.

그것은 모욕이었다.

"이놈!"

변허는 주저없이 몸을 날렸다.

평생을 수련한, 그리고 그에게 부귀와 명예를 안겨주었던 천환봉법(千幻棒法)이 먼저 유대웅을 향해 날아갔다.

유대웅의 실력은 이미 몸으로 느끼고 있는 바, 승리를 한다는 생각은 없었다.

그러나 당장 그를 상대할 사람은 자신뿐이었고 사사천교를 위해서라도 최대한 피해를 주어야 했다.

무엇보다 싸우기 전부터 꼬리를 마는 치욕적인 모습은 보일 수가 없었다.

맹렬한 회전이 걸린 봉이 단전을 노리며 짓쳐들었다.

봉에 앞서 날카로운 기세를 품은 회오리가 먼저 다가왔다.

유대웅은 침착한 얼굴로 변허를 응시하다 초천검을 부드럽게 회전시키며 회오리를 흘려보내고 다가오는 봉을 향해 직선으로 검을 뻗었다.

방금 전, 초천검과 부딪친 봉이 어찌 되었는지 기억한 변허가 양발에 체중을 실으며 상체를 뒤로 젖히고 봉의 방향을 바꿔 좌에서 우로 초천검의 옆면을 후려쳤다.

꽝!

초천검과 부딪친 반발력으로 되돌아온 봉을 머리 위에서 빙글 회전을 시키며 사선으로 크게 휘둘렀다.

유대웅이 목덜미를 노리며 다가오는 봉을 막기 위해 초천검을 위로 치켜올리자 변허는 기다렸다는 듯 굽혔던 두 다리를 곧게 펴 도약하며 유대웅의 정수리를 향해 봉을 내려쳤다.

초천검을 수평으로 누이며 방어를 하는 유대웅.

꽝!

변허의 전력이 담긴 봉의 힘은 무시무시했다.

비록 초천검과 부딪친 봉이 박살이 나고 말았지만 유대웅도 충격을 이기지 못하고 한쪽 무릎을 꿇고 말았다.

그런데 그것이 다가 아니었다.

바닥에 내려선 변허가 화살이 시위를 떠나듯 전광석화처럼 유대웅의 품을 파고들었다.

검게 변한 변허의 양손을 보며 유대웅은 눈살을 찌푸렸다.

그가 아는 한 그런 식으로 손이 변하는 것은 오직 하나뿐이었다.

'독장(毒掌)?'

생각할 겨를이 없었다.

거의 땅바닥에 닿을 정도로 낮게 몸을 웅크리며 접근한 변허가 유대웅의 단전을 노리며 양손을 뻗었다.

변허의 눈동자에 희열이 깃들었다.

이번 공격으로 상대를 쓰러뜨릴 수 있을지 자신할 수는 없었으나 최소한 큰 피해는 남기리라 여겼다.

한데 유대웅의 단전을 향해 힘차게 나아가던 두 팔이 뭔가에 막히는 느낌이 들었다.

단순히 막히는 것뿐만이 아니라 기묘하게 방향이 바뀌고 어딘지 모르게 무기력하게 힘이 빠져나갔다.

뭔가 이상하다고 정신을 차렸을 땐 이미 완맥을 잡혀 제압을 당한 상태였다.

기척도 없이 움직여 변허의 공격을 막아내고 상대의 완맥까지 제압한 것은 화산파 절기 중 하나인 산화무영수(散花無影手)였다.

"어, 어떻……."

변허의 말은 이어지지 못했다.

산화무영수는 단순히 변허의 공격을 막아낸 것이 아니었다.

완맥을 제압하는 것과 동시에 그의 몸에 있는 대부분의 요혈을 정확하게 타격했다.

무영수라는 이름 그대로 워낙 은밀하게 시전된 것이라 의식조차 못했지만 위력은 치명적이었다.

특히 중점적으로 가격을 당한 가슴은 거의 뭉개졌다고 해도 과언이 아닐 정도로 손자국이 선명했다.

칠공에서 피를 흘리며 서서히 무너져 내리는 변허.

감기는 눈동자 속으로 태산같이 단단한 유대웅의 뒷모습이 들어왔다.

'본 교는 결코 건드려서는 안 되는 곳을……'

암울한 사사천교의 미래를 떠올리며 변허는 그렇게 숨을
거두고 말았다.

                    *   *   *

묵검삼단과 그들과 함께 움직이는 문파들의 집결지인 맹
량산.

그들을 공격하는 사사천교의 주력은 당연히 열화기였지만
가장 막강한 전투력을 지닌 이들은 단연 만인당이었다.

숫자는 적어도 백전노장들로 구성된 만인당은 어지간한
힘으론 실로 감당하기에 버거운 고수들로 구성되어 있었다.

그들을 상대하기 위해 당가가 나섰고 삼양무문(三陽武門),
정수관(淨秀館)이 힘을 보탰다.

당가에선 십방멸극진을 펼치며 정면에서 맞섰고 삼양무문
과 정수관의 오십 고수가 좌우에서 필사적으로 합공을 했다.

그럼에도 전세는 과히 좋지 않았다. 오히려 시간이 갈수록
점점 수세에 몰리고 있었다.

십방멸극진을 지휘하던 당해는 수하들이 하나둘 목숨을
잃고 결정적으로 당소진마저 위험에 빠지게 되자 최후의 무
기라 할 수 있는 천뢰구를 사용하며 십방멸극진의 공격력을
극대화시켰다.

천뢰구의 폭발과 함께 십여 장을 휩쓴 십방멸극진의 위력은 만인당 전력의 절반 이상을 날려 버렸다.

다만 그 한 번의 공격으로 당가 또한 치명적인 손실을 입고 말았으니 십방멸극진의 중심에 있던 당해와 십여 명의 식솔이 장렬히 산화한 것이었다.

당해라는 기둥을 잃은 당가는 풍전등화의 위기에 빠졌다.

놀랍게도 그들을 구한 사람이 바로 당소진이었다.

당학운을 대신해 당가를 이끌던 당해의 죽음은 당소진에게 큰 충격으로 다가왔다.

그러나 당해가 자신을 보호하기 위해 목숨을 잃고 그동안 동거동락하던 세가의 무인들까지 속절없이 쓰러지자 그녀의 순진하고 천진한 얼굴에 감춰졌던 무인으로서의 본능이 서서히 눈을 뜨기 시작했다.

경험이 일천해서 그렇지 그녀가 지닌 실력은 당가에서도 손꼽힐 정도, 특히 그녀의 비도술은 당학운마저 혀를 내두를 정도로 뛰어났다.

분노에 사로잡힌 당소진의 비도에 십방멸극진의 거센 공격에서도 살아남았던 만인당 고수들 셋이 목이 꿰뚫려 목숨을 잃었고 한 명은 치명적인 부상을 당했다.

공격하는 과정에서 당소진도 왼쪽 옆구리와 오른쪽 팔뚝에 상당히 깊은 부상을 입었다. 그래도 그녀가 얻은 성과를 생각하면 부상이랄 것도 없는 것이었다.

물론 그녀가 그런 성과를 보일 수 있었던 것은 적절한 기습과 함께 당가의 몇 남지 않은 생존자가 그녀를 지키기 위해 필사적으로 노력한 덕분이기는 했으나 그녀 자신의 실력이 부족했다면 애당초 불가능한 일이었다.

극도로 불리한 여건에서 자신의 모든 능력을 다해 당가를 이끌던 당소진이 마지막 남은 비도를 뿌린 후, 적의 공격에 무방비 상태로 노출되었을 때 당학운이 도착한 것은 실로 천운이라 할 수 있었다.

당소진의 위기를 본 당학운은 조금의 망설임도 품속 깊이 간직해 두었던 화우폭을 꺼내 들었다.

당가의 십대암기 중에서 당당히 서열 이위를 차지하는 화우폭.

워낙 만들기가 까다로워 이제는 당가에서도 다섯 개밖에 남지 않았다는 화우폭의 위력 앞에 천하가 숨을 죽였다.

극독이 발라져 있는 수백 개의 자령옥침이 그토록 치열한 공방에서 마지막까지 살아남은 만인당 고수들의 숨통을 모조리 끊어버렸다.

"괜찮으냐?"

단 한 번의 공격으로 만인당을 잠재운 당학운이 당소진에게 다가왔다.

따듯한 한마디에 난생 처음 맞닥뜨린 공포를 애써 참고 있던 당소진이 눈물을 터뜨렸다.

"작은… 할아버지……."

"애썼다."

당학운은 품에 안겨 눈물을 흘리는 당소진의 등을 가볍게 어루만져 주었다.

"당숙이… 당숙이 놈들에게 당했어요."

"들었다. 많이 놀랬겠구나."

당학운은 온몸을 피로 물들인 당소진이 너무도 안쓰러웠으나 그녀가 당해를 대신해 당가를 이끈 것을 알기에 한편으론 대견한 마음이 들었다.

"당 선배!"

삼양무문의 정예 이십을 이끌고 싸움에 참여한 정소두(鄭疏頭)가 팔꿈치에서부터 잘려 나간 왼쪽 팔을 부여잡고 달려왔다.

"누군가 했더니만 바로 자네였군. 한데 팔이……."

당학운이 피로 범벅이 된 팔을 응시하며 안타까운 표정을 지었다.

"그렇게 되었습니다. 말년에 이 무슨 꼴인지."

쓸쓸히 웃은 정소두가 애써 표정을 지운 뒤 턱짓으로 한쪽을 가리켰다.

"그래도 저 친구보단 낫습니다. 명줄을 끊어놓으려면 제대로 끊어야지. 방심 따위를 해서."

정소두가 가리킨 사람은 적의 동귀어진 수법에 당해서 의식불명인 정수관주 문하동(文河洞)이었다.

적의 치명적인 한 수에도 다행히 목숨을 잃지는 않았으나 꽤나 오랫동안 정양을 해야 회복이 될 부상을 당한 상태였다.

"그래도 자네들이 있어서 다행이었네."

"아닙니다. 당가의 희생이 아니었으면 제대로 싸워보지도 못하고 당할 뻔했지요. 명불허전. 과연 당가였습니다."

십방멸극진의 위력을 똑똑히 확인한 정소두는 진심으로 감복한 표정이었다.

"그나저나 묵검삼대가 무사히 합류해서 한시름 놨습니다."

"무사히는 아닐세. 우리도 공격을 받았다네."

"허! 실로 집요한 놈들이 아닙니까? 우리도 부족해서 아직 도착도 하지 않은 묵검삼대까지. 그래, 피해는 어느 정도나 되는 것입니까?"

정소두가 고개를 절레절레 흔들며 물었다.

"삼 할 정도 잃었네."

"제법 많군요."

"그나마 저 친구가 있어서 그 정도의 피해로 그친 것이지.

하마터면 큰일 날 뻔했네."

당학운이 변허의 목숨을 끊어버리고 본격적으로 열화기를 공격하고 있는 유대웅을 가리키며 말했다.

"대, 대단하군요. 대체 누굽니까?"

무식할 정도로 큰 덩치에 큰 검.

그토록 막강하게 보였던 상대를 마음껏 농락하는 유대웅을 보며 정소두는 자신도 모르게 입을 쩍 벌렸다.

"정보대로라면 저놈이 바로 화산검선의 제자 청풍입니다."

전총이 가쁜 숨을 몰아쉬며 말했다.

"청풍? 하면 묵검삼대가 도착한 것이로군. 석익이 당했다는 말이네."

조성하가 유대웅에게 고정된 시선을 떼지 않고 말했다.

"그런 것 같습니다."

"우리와는 달리 다들 몽몽환을 복용했을 터이니 후퇴를 하거나 도망친 놈들도 없을 것이고. 츱, 모조리 몰살을 당했단 말이군. 묵검삼대의 피해는 어느 정도나 되는 것 같더냐?"

"생각보단 미미한 것 같습니다."

조성하가 그럴 줄 알았다는 듯 고개를 끄덕였다.

"뭐, 저자의 무위를 보니 이해가 가는군. 게다가 당가의 늙은이도 있었을 테니까."

"예. 방금 전 만인당이 그에게 당했습니다."

움찔 놀란 조성하가 고개를 홱 돌렸다.

"만인당이? 당학운의 실력이 아무리 뛰어나도 만인당이 그리 쉽게 당할 위인들이 아니잖아. 확실한거야?"

"수하들의 말을 종합해 보면 무시무시한 무기가 사용된 것 같습니다. 거대한 폭음과 함께 만인당의 괴물들이 모조리 쓰러졌다고 합니다. 그들의 시신에서 옥으로 만든 독침도 확인했고요."

"이건 너무 뼈아프군."

조성하의 얼굴이 잔뜩 일그러졌다.

"대책을 세워야 하지 않겠습니까?"

"대책? 무슨 대책?"

조성하가 신경질적으로 되물었다.

"놈을 저리 날뛰게 놔두면 피해가 걷잡을 수 없이 늘어나게 됩니다. 하면 우리에게 떨어진 임무가……."

"임무가 뭐 어쨌다고? 착각하지 마라. 나는 사사천교 따위를 위해 싸울 생각이 없다. 우리의 진정한 목적은 저놈들을 몰살시키는 것이 아니라 열화기의 전력을 최대한 무사히 보전하는 것이다."

"……"

"철수시켜라."

"예?"

"철수시키란 말이다. 당장 저곳부터."

조성하가 가리키는 곳은 유대웅이 날뛰고 있는 중앙의 전장이었다.

유대웅을 막기 위해 조성하의 오른팔이라 할 수 있는 단창이 혼신의 힘을 다하고는 있었지만 애당초 격이 다른 상대였다.

게다가 그곳엔 유대웅 혼자가 아니었다.

절망적인 상황에서 막강한 조력자의 등장으로 사기가 오를 대로 오른 묵검단 또한 거세게 반격을 가하고 있었다.

갑작스런 기습과 파상공세로 기선을 빼앗겨서 그렇지 제아무리 열화기라 해도 함부로 할 수 없을 만큼 묵검단의 실력 또한 대단했다.

"아, 풍운기는 그대로 놔둬. 우리가 무사히 빠져나갈 수 있도록 뒤를 막아줘야 하니까."

"보는 눈이 많습니다."

"상관없다. 여차하면 베어버리면 그만이니까."

섬뜩하게 빛나는 조성하의 눈빛에 전총은 더 이상 토를 달지 못하고 명을 받았다.

"제길. 생각보다 피해가 너무 크다. 원래 변수라는 것이 예

고 없이 찾아오는 것이기는 해도 이렇게까지 황당한 변수라
니. 두 번 다시 보기 싫은 놈이군."

독보적인 존재감으로 전장을 장악해 버린 유대웅을 차갑
게 노려보는 조성하의 눈동자가 뱀처럼 번뜩이고 있었다.

"후우."

초천검을 축 늘어뜨린 유대웅이 크게 숨을 내쉬었다.

자잘한 상처를 제외하곤 크게 부상을 당한 곳이 없어도 연
이은 격전에 그 역시 많이 지친 상태였다.

열화기는 조성하의 퇴각 명령에 따라 조금씩 물러나고 있
었다.

특히 유대웅의 개입으로 피해가 큰 중앙에선 이미 몸을 뺀
상태였다.

풍운기의 잔당들이 죽어라 악을 써가며 최후의 발악을 했
지만 기세가 오를 대로 오른 묵검단의 상대는 될 수가 없었
다.

"대충 정리가 되는 것 같군."

상대가 물러나려 한다는 것을 확인한 유대웅이 비로소 여
유를 갖고 주변 전장으로 고개를 돌렸다.

좌측에선 당학운이 화우폭을 이용해 만인당을 물리친 덕
분에 정무맹의 완전한 우위로 전개되고 있었고 영영을 필두

로 화산파의 제자들과 묵검삼대가 지원한 우측 전장에서도 열화기의 퇴각에 따른 우위가 확연히 눈에 띄었다.

유대웅은 맹량산에 도착한 화산파 제자들이 단 한 명도 쓰러지지 않았다는 것을 일일이 확인한 뒤에야 안심한 듯 고개를 끄덕였다.

한데 그의 눈에 피 튀기는 전장과는 이질적인 광경이 눈에 들어왔다.

전장에서 조금 떨어진 거대한 암석 아래에서 누군가 부상에 신음하는 환자들을 돌보고 있었다.

허리춤에 검을 차고 있는 것을 보면 그 또한 무인임에 틀림없었는데 부상 부위를 소독하고 붕대를 감고 침을 놓는 솜씨가 보통 능숙한 것이 아니었다.

"활인당에서 나온 의원인가? 이 와중에 부상자들을 치료할 생각을 하다니 대단하군."

바로 옆에서 생과사가 갈리는 혈전이 벌어지고 있건만 그런 위험에 아랑곳없이 태연히 부상자들을 치료하는 의원을 보며 유대웅은 진심으로 감탄을 했다.

단순히 소독을 하거나 상처 부위를 붕대로 감싸는 정도의 가벼운 치료는 주변의 위험을 살피면서도 할 수 있는 일이었다. 그렇지만 시침은 전혀 달랐다.

침을 놓는 자리는 대부분이 인체에서 중요한 혈자리로 자칫하여 실수라도 하면 심각한 문제가 발생하는 것은 물론이고 목숨까지 위험할 수 있었다.

그만큼 고도의 집중력을 요하는 치료행위가 바로 침술이었다.

한데 의원 주변의 몇몇 부상자 몸엔 빼곡히 침이 박혀 있었다.

이는 곧 언제 적의 공격으로 목이 날아갈지 모르는 위태로운 상황에서 그들을 치료했다는 것을 증명하는 것이었다.

그리고 그는 유대웅이 지켜보는 바로 지금 이 순간에도 중상을 입은 묵검단 대원에게 침을 놓는 중이었다.

"대단한 집중력이다."

제법 멀리 떨어져 있음에도 시침을 할 때의 긴장감과 기백이 온몸으로 느껴졌다.

어찌나 진지한 자세로 병자를 대하는지 주변에서 빛이 뿜어져 나온다는 착각을 할 정도였다.

유대웅이 넋을 잃고 그 장면을 보고 있을 때, 후퇴하던 열화기의 무리에서 두 명이 이탈했다.

그들이 움직이는 방향이 심상치 않다고 여긴 유대웅이 즉시 몸을 날렸다.

적의 움직임은 생각보다 빨랐다.

눈 깜짝할 사이에 치료에 집중하고 있는 의원의 등 뒤에 도착한 적들이 살의에 찬 얼굴로 칼을 휘둘렀다.

공격을 막기엔 늦다고 여긴 유대웅이 그대로 초천검을 던졌다.

어둠을 가르며 날아간 초천검이 앞선 사내의 가슴을 그대로 관통했다.

위기는 끝나지 않았다.

바로 뒤쪽에서 따라붙던 사내가 자신의 동료가 어째서 갑자기 쓰러진 것인지 의아해하면서도 의원에게 향한 칼을 거두지 않은 것이다.

'안 돼!'

유대웅이 혼신의 힘을 다해 땅을 박찼다.

극성의 암향표를 시전하여 단숨에 거리를 좁힌 유대웅이 크게 선회하여 돌아온 초천검을 낚아채는 것과 동시에 꼼짝도 하지 않고 있던 의원이 고개가 빙글 돌려졌다.

유대웅과 의원의 시선이 허공에서 얽혔다.

절체절명의 순간.

사내의 칼이 의원의 목을 사선으로 베어버렸다.

서걱!

사방으로 튀어오른 붉은 핏줄기.

고개를 돌린 의원의 얼굴에 붉은 피가 확 튀었다.

한데 비명은 의원이 아닌 그를 공격했던 열화기 대원의 입에서 흘러나왔다.

툭.

사내가 고통으로 일그러진 얼굴로 칼을 떨어뜨렸다.

가슴이 쩍 갈라져 서서히 무너져 내리는 그의 발밑으로 그가 막 잘라낸 의원의 두건이 떨어졌다.

"후~ 괜찮습⋯⋯."

실로 간발의 차이로 의원을 구해낸 유대웅.

안도의 한숨을 크게 내쉬며 입을 열던 그의 눈이 동그래졌다.

적의 칼에 두건이 떨어지며 그 속에 감추고 있던 삼단 같은 머리카락이 바람에 가볍게 흩날렸다.

사내라 여겼던 의원은 여인이었다.

그것도 나이 어린 여인.

가녀린 체구, 얼굴에 뿌려진 피와 흐트러진 머리카락 때문에 정확히 파악하기는 힘들었지만 상당히 앳된 용모였다.

핏방울이 맺혀 떨어지는 그녀의 아미는 초승달을 닮았고 설산의 호수처럼 맑고 투명한 눈동자를 지녔다.

어디선지 은은하고 감미로운 향기가 코끝을 간지럽힌다고 느끼던 찰나 유대웅의 몸이 그대로 굳었다.

아무것도 보이지 않았다.

아무것도 들리지 않았다.

그대로 시간이 멈춘 듯 보이는 것이라곤 그녀의 투명한 눈동자뿐이었고 엷은 숨소리만이 가슴을 울렸다.

빨려 들어가듯 멍한 표정으로 그녀를 응시하던 유대웅은 뒤쪽에서 들리는 인기척에 겨우 정신을 차릴 수 있었다.

"이런 곳에서 부상자들을 치료하면 위험하지 않습니까?"

무안함을 감추기 위해 애써 언성을 높였다.

무심한 눈길로 유대웅을 바라보던 여인은 얼굴에 묻은 피를 눈처럼 희고 고운 손으로 쓰윽 닦아내곤 천천히 고개를 돌렸다.

"허!"

유대웅의 얼굴이 벌게졌다.

과한 공치사를 기대한 것은 아니었다.

그래도 최소한 목숨을 구해준 일에 대한 감사의 말은 해야 하지 않는가!

"괜찮은가?"

다급한 음성의 주인은 유대웅과 마찬가지로 멀리서 상황을 지켜보던 당학운이었다.

"예."

유대웅이 불쾌한 표정을 지우지 못하고 고개를 끄덕였다.

"다행이네. 난 저 아이에게 무슨 일이라도 나는 줄 알고 어찌나 놀랐는지 모르네."

"아는 여인입니까?"

유대웅이 깜짝 놀라 되물었다.

"알다마다. 하연(河蓮)이를 어찌 모르겠나? 정무맹에 있는 송 장로의 막내 손녀라네."

"예? 송유 장로님의 막내 손녀요? 하면 저 여인이 성수의가의 사람이란 말입니까?"

"그렇네. 성수의가의 기대를 한 몸에 받고 있는 재녀이기도 하지. 묵검단에 소속되어 이곳에 왔다길래 오랜만에 얼굴이나 보나 싶었는데 하마터면……."

당학운은 송하연의 목이 날아갈 뻔한 순간을 떠올리며 고개를 흔들었다.

때마침 유대웅이 움직였으니 망정이니 자칫했으면 지기의 손녀딸이 목숨을 잃는 끔찍한 광경을 꼼짝없이 지켜볼 뻔한 순간이었다.

"그런데 활인당의 의원들도 전장에 나서는 겁니까? 아무리 부상자들이 많이 발생한다고 하더라도 너무 위험한데요. 후방에서 지원을 하는 것이면 몰라도요."

유대웅의 볼멘소리에 당학운이 고개를 흔들었다.

"저 아인 활인당 소속의 의원이 아니라네."

"예?"

"말 그대로 묵검단 소속이란 말이네."

당학운은 유대웅이 도무지 이해하지 못하겠다는 표정으로 바라보자 너털웃음을 지으며 말을 이었다.

"성수의가라고 해서 의원만 있는 것은 아닐세. 인체를 잘 안다는 것은 그만큼 몸에 적합한 무공을 만들 수 있다는 말이 될 수도 있는 것이야. 종류가 많지는 않아도 성수의가는 무림에서도 손꼽힐 수 있는 무공이 몇 가지 있다네. 특히 눈에 잘 보이지도 않을 정도로 작은 세침을 이용한 암기술은 본 가를 능가할 정도지."

"그러면 묵검단의 일원으로서 본분에나 충실할 것이지 어쩌자고 저리 위험한 짓을 한단 말입니까?"

유대웅의 음성이 높아졌다.

"부상자를 치료하는 것은 의원의 본분이니까. 게다가 부상자들이 자신의 동료라면 더 그렇겠지. 그만큼 책임감과 희생정신이 뛰어나다는 말도 되겠고."

당학운은 기특하다는 듯 말을 했지만 유대웅은 전혀 그렇지 않았다.

"책임감이요? 희생정신이라고요? 멍청하고 미친 것이지요. 적이 접근하는지 칼이 날아오는지도 모르고 완전히 목숨 내걸고 치료를 하더만요."

유대웅이 버럭 소리를 질렀다.

당학운은 얼굴까지 잔뜩 붉혀가며 화를 내는 유대웅의 반응에 곤혹스런 표정을 지었다.

"흥분하지 말게. 위험하다는 것은 노부도 알지. 실제로 위험한 순간도 겪었고. 하지만 동료들을 구하려다 보니 그런 것 아닌가? 그렇게 흥분만 할 일은 아니라고 보네만."

"아, 아니. 그게……."

유대웅의 얼굴은 당황한 기색이 역력했다.

상황이야 어찌 되었든 자신이 흥분할 일이 아닌 것이다.

어째서 그렇게 화를 냈는지 그것 자체가 이해가 되지 않았다.

이상하게 바라보는 당학운의 시선에 유대웅은 자신도 모르게 변명을 내뱉었다.

"저, 전 그냥 어린 계집애가 목숨 귀한 줄 모르고 있기에…흡!"

궁색하게 변명을 내뱉던 유대웅은 어느새 고개를 돌려 자신을 바라보는 송하연의 눈빛에 그대로 입을 다물고 말았다.

'병신! 그걸 말이라고!'

스스로에게 미친 듯이 욕을 해낸 유대웅이 짐짓 표정을 고치며 입을 열었다.

"그, 그러니까 제 말은… 딸꾹!"

화산검선의 제자이자 장강수로맹 맹주의 권위가 땅바닥으로 추락하는 순간이었다.

　　　　*　　　*　　　*

　"빙천기가 한계에 이른 것 같습니다."

　태사의 말에 회의장의 분위기가 착 가라앉았다.

　회의장에 남아 있는 수뇌부들이라 봐야 교주인 조고와 태사, 그리고 장로 순우건뿐이었다. 나머지 호법들과 장로, 원로들은 총단을 향해 밀려오는 적들을 막기 위해 모조리 전장으로 달려간 상태였다.

　"피해가 얼마나 된다고 합니까?"

　순우건이 안타까운 한숨을 내쉬며 물었다.

　"현재까지 팔 할 정도의 인원을 잃은 모양이네. 그동안의 활약을 생각하면 그만큼의 인원이라도 남은 것이 대단하지."

　"예. 정말 대단한 활약이었지요. 천무장의 전력을 감안했을 때 애당초 불가능한 작전이었으니까요."

　"기주가 공풍룡이던가?"

　찬탄을 보내는 순우건과는 달리 질문을 던지는 조고의 표정은 심드렁하기만 했다.

　"그렇습니다."

　"꽤나 똑똑한 녀석이었던 것이 기억나는군. 실력도 괜찮았던 것 같고."

"나이는 어리나 사대호법이나 장로들에 비견될 정도로 뛰어난 실력을 지녔습니다. 본 교에서 가장 촉망되던 인물이었습니다."

순우건의 얼굴은 공풍룡을 아끼는 마음과 걱정으로 가득했다.

"해서 이제 그만 철수를 명할 생각입니다. 지금까지의 활약만으로도 공풍룡과 빙천기는 자신들의 임무를 너무도 훌륭히 수행했습니다. 더 이상은 무리입니다."

태사의 말에 순우건이 맞장구를 쳤다.

"맞습니다. 강소성을 초토화시킨 천무장이 이제서야 대동산을 지나쳤다는 것을 누가 믿을 수 있겠습니까? 그 누구도 생각하지 못한 엄청난 전과입니다. 더불어 빙천기를 보내 천무장의 발걸음을 묶으라는 교주님의 혜안에 본 교의 모든 이가 경탄을 금치 못하고 있습니다."

애당초 빙천기를 파견하자고 의견을 낸 사람은 태사였다.

하지만 최종 결정권자는 교주였기에 순우건은 조고의 마음을 살짝 긁어주는 것으로 벼랑 끝까지 몰린 빙천기의 마지막 생존자들을 구원하려 했다.

속이 뻔히 보이는 순우건의 의도는 의외로 쉽게 먹혀들었다.

"험험! 뭐, 천무장의 기세가 드세다고 하나 빙천기라면 충분히 애를 먹이리라 예상은 했으니까. 그래. 태사나 순우 장로 말대로 그 정도면 본 교주가 내린 임무를 충분히 수행한 셈이지. 이제 그만 병력을 물린다고 해도 천무장은 결코 함부로 날뛰지 못할 터. 태사."

"예. 교주님."

"빙천기를 불러들여."

"알겠습니다."

조고의 명에 태사와 순우건은 서로 마주 보며 안도의 한숨을 내쉬었다.

"그건 그렇고. 열화기 이 병신들은 대체 어찌 된 거야?"

언제 웃음을 보였냐는듯 조고의 살찐 얼굴이 분노로 씰룩거렸다.

"묵검단의 집결지를 암습하는 데에는 성공했으나 생각보다 큰 성과를 얻지는 못한 듯합니다."

"그러니까 왜? 고작 묵검단 따위를 쓸어버리라는 명을 어째서 제대로 수행하지 못한 거냐고. 열화기의 전력은 빙천기이상으로 알고 있는데 설마하니 묵검단이 천무장보다 더 강하다는 건가. 본 교주가 잘못 알고 있는 거야?"

"변수가 있었다고 합니다."

태사가 곤혹스런 표정을 지으며 말했다.

"변수?"

"예. 맹량산에 화산검선의 제자가 나타났다고 합니다."

"화산검선의 제자? 이번에 정무맹에서 분탕질을 쳤다는 청풍인가 뭔가 하는 놈?"

조고가 짜증난다는 듯 되물었다.

"그렇습니다."

"한데 그놈이 왜 맹량산에 나타나?"

"화산파의 제자들이 묵검삼대에 속해 있다 보니 함께 움직인 것 같습니다. 원래 계획대로라면 묵검단 모두가 맹량산에 집결했을 때 한꺼번에 치는 것이었지만 묵검삼대의 움직임이 너무 느려 풍운기의 일부 병력을 나누어 그들을 치게 했습니다. 문제는 그자의 무공이 생각보다 너무 강하다는 것이었습니다."

"그건 이미 알고 있던 것 아닌가? 태사가 그랬잖아. 정무맹에서 보여준 실력이 진짜라면 결코 무시할 수 없는 자라고. 난 그렇게 기억하고 있는데."

"제 실수입니다. 그는 제가 생각한 것보다 훨씬 수준이 높은 고수였습니다."

좀처럼 보기 힘든 태사의 심각한 표정에 조고의 안색도 살짝 굳었다.

"설마 그 정도란 말이야?"

"예. 처음 그들을 공격했던 풍운기는 몰살을 당했습니다.

당시 유일하게 탈출한 전령에 의하면 풍운기주 석익은 물론이고 상당수의 인원이 청풍 그자에게 당했다고 합니다. 특히 빙천기주와 버금가는 실력을 지녔다고 평가되는 석익이 제대로 반격도 해보지 못하고 일방적으로 몰리다가 목숨을 잃었다더군요."

"기억이 나. 석익이라면 몽몽환을 먹고도 살아남은 놈이잖아. 이후에 상당한 고수로 변했다는 말도 들은 것 같군. 그런데도 제대로 대응도 못했다는 건가?"

"그뿐만이 아닙니다. 풍운기의 공격을 뚫고 맹랑산에 도착한 청풍과 묵검삼대는, 아, 그들이 도착하기 전 맹랑산의 전세는 만인당의 활약을 앞세운 열화기의 압도적인 우위에 있었다고 합니다만, 아무튼 맹랑산에 도착한 그들로 인해 전세는 곧바로 역전이 되고 말았습니다. 참고로 청풍에 의해 변허 장로가 목숨을 잃었습니다."

"변 장로라면 그래도 쉽게 당하지는 않았겠지요?"

순우건이 잔뜩 긴장된 표정으로 물었다.

"그랬다면 맹랑산의 일이 실패로 끝나지 않았겠지. 변 장로 또한 석익과 다르지 않았다고 하더군. 몇 번 날카로운 반격을 하기는 했지만 결과는 다르지 않았던 모양이야."

허탈하기까지 한 태사의 음성에 순우건의 입이 쩍 벌어졌다.

"변 장로를 쓰러뜨리면서도 그자가 입은 부상은 그저 작은 생채기 몇 개뿐이라는군. 기가 막힐 일이지."

"그럼 대체 뭐야? 놈이 제 사부처럼 무림십강이라도 된다는 말이야!"

조고가 거친 숨을 몰아쉬며 소리쳤다.

자신 딴에는 답답함을 참지 못하고 화를 낸 것이었지만 정작 대답을 하는 태사의 표정과 음성은 너무도 진지했다.

"못지않다고 봅니다."

순간, 회의장에 경악과 놀람으로 인한 침묵이 찾아왔다.

"그, 그게 무슨 소립니까?"

겨우 정신을 수습한 순우건이 떨리는 음성으로 물었다.

"석익이 당하고 변 장로가 당했네. 함께 있다가 당한 풍운기와 열화기의 숫자를 헤아리면 엄청나. 특히 열화기는 그자에게만 사십에 가까운 인원이 목숨을 잃었지. 열화기에 속한 아이들이 어느 정도 실력을 지녔는지는 자네도 알지 않는가?"

순우건이 자신도 모르게 고개를 끄덕였다.

"뿐만 아니라 정무맹에서 그가 가지고 놀다시피한 상대가 독개였네. 심지어 삼불신개와도 겨룬 것으로 알려졌지. 알려지긴 삼불신개가 손속에 인정을 두었다고는 하지만 은밀히 흘러나오는 소문에 의하면 삼불신개도 승리를 장담하지 못할 정도라 하더군."

"마, 말도 안 됩니다."

순우건이 거칠게 고개를 흔들었다.

"맹량산에서 그것을 증명해 보였네. 그만한 실력이 아니라면 어떻게 변 장로를 그리 간단히 쓰러뜨리고 열화기마저 유린할 수 있단 말인가? 설사 무림십강에 미치지 못한다고 하더라도 그에 준하는 수준임은 틀림없네."

태사의 단언에 순우건은 할 말을 찾지 못했다.

자만심과 자존심이 하늘을 찌르는 조고마저 침통한 얼굴로 침묵을 지킬 뿐이었다.

"하면 어찌 대처해야 하지? 빙천기가 천무장의 발을 묶는 사이 정무맹을 쓸어버린다는 우리의 계획은 완전히 틀어진 건가?"

조고가 기가 팍 죽은 얼굴로 물었다.

"다행히 이곳으로 몰려오는 정무맹에 대한 공격은 성공적이었습니다. 특히 예 장로가 이끄는 독행기가 최강이라는 정검단을 궤멸시킨 것은 막대한 성과라고 할 수 있습니다."

"명색이 장로가 그 정도는 해줘야지."

조고의 시큰둥한 반응을 본 순우건이 입술을 꽉 깨물었다.

상대는 정검단뿐만이 아니었다. 그들 말고도 주변 문파에서 차출된 이백에 가까운 무인들이 정검단과 합류하여 움직이고 있었다.

사사천교 또한 주변에 흩어졌던 병력들과 새롭게 확보한 신도들로 인해 무시 못할 전력이었으나 정무맹에 비해 분명 역부족이었다. 다들 몽몽환까지 복용을 했음에도 상대는 그 이상의 힘을 지니고 있었다.

몇 번의 충돌로 상대의 전력을 정확하게 파악한 예하는 자신들의 힘으론 도저히 정검단을 막을 수 없다는 판단을 하곤 결국 특단의 조치를 결심하게 되었다.

스스로가 미끼가 되어 정검단을 유인하는 작전을 세운 것이다.

사사천교의 무인들이 하나둘 흩어진다는 것을 알면서도 정검단은 신경 쓰지 않았다.

적의 수장이라 할 수 있는 예하.

사사천교의 팔대장로 중 한 명이자 핵심 수뇌라 할 수 있는 그의 목숨만 끊어버릴 수 있다면 그깟 잔당들은 어찌 되든 상관이 없다고 여기며 오직 예하만을 전력으로 쫓았다.

길이 끊긴 계곡 사이로 몰린 예하는 죽을 듯이 쫓아오는 정검단을 보며 마지막 웃음을 보였다.

그건 쫓기는 자가 보일 수 있는 웃음이 결코 아니었다.

예하를 쫓던 정검단이 뭔가 이상하다는 느낌을 받았을 때 그들 뒤로 또 한 무리의 인원이 모습을 보였다.

예하를 포함한 오십 명의 결사대.

그들은 의미를 알 수 없는 진언(眞言)을 외며 정검단을 향해 달려들었다.

정검단과 그들이 충돌하는 순간, 계곡에 거대한 폭발이 휘몰아쳤다.

양쪽 계곡의 절벽이 무너져 내릴 정도의 강력한 폭발은 정검단을 유인하여 자폭한 결사대와 폭발에 휘말린 정검단의 목숨을 모조리 빼앗는 것은 물론이고 아예 시신조차 찾기 힘들게 만들어 버렸다.

"한데 태사는 어디에서 그런 강력한 폭약을 구한 거야?"

조고가 싱글거리며 물었다.

적을 몰살하는 데 성공했다는 만족감은 예하와 결사대들의 죽음 따위는 천 리 밖으로 날려 버린 상태였다.

"군부대에서 조금 빼돌렸습니다."

절대 아니었다.

태사가 준비한 폭약은 천무장을 통해 은밀히 조달한 것으로 다름 아닌 뇌화문에서 만들어진 것이었다.

"후~ 예 장로가 폭약을 원하기에 조금 내주었는데 설마하니 스스로가 미끼가 되어 적을 끌어들일 줄은 생각도 못했습니다."

"그랬으니 작전이 성공한 것이겠지요. 수하들만으로 놈들을 유인하려 했다면 틀림없이 실패했을 겁니다."

순우건은 사사천교를 위하여 스스로 목숨을 던진 예하의 충심에 진심으로 감복하며 마음 아파했다. 더불어 그런 충신의 희생을 제대로 알아주지 못하는 조고의 행동에 가슴이 미어졌다.

"어쨌든 가장 위험한 전력인 정검단이 사라졌고 묵검단 또한 상당한 타격을 입었습니다. 금검단의 움직임이 생각보다 빠르나 설 호법과 손 호법이 움직였으니 문제될 것은 없다고 봅니다. 아쉽다면 묵검단을 무너뜨리고 우회하여 금검단, 연이어 호검단까지 치기로 예정되었던 열화기가 발이 묶였다는 것입니다."

"멍청한 놈들. 묵검단이라도 제대로 처리하라고 전해."

조고가 신경질적으로 소리쳤다.

"기회를 엿보고 있다고 했으니 곧 움직일 것입니다."

"한데 하후세가 쪽의 움직임은 어떻습니까? 매섭게 치고 오던 그들의 움직임이 멈춘 것을 보면 묘 장로도 제대로 활약하고 있는 것 같습니다."

순우건의 말에 태사가 묵직히 고개를 끄덕였다.

"그렇네. 철저하게 괴멸된 강소성과는 달리 하후세가가 치고 들어온 쪽엔 본 교의 신도들이 여전히 존재하네. 다만 놈들의 기세에 눌려 잠시 숨을 고르고 있을 뿐이지. 묘 장로가 그들을 이끌며 놈들의 본거지를 치고 있으니 당황을 할 수밖에."

"하후세가를 쳤단 말이야?"

조고가 깜짝 놀라 되물었다.

"아닙니다. 치자고 마음먹으면 못할 것도 없지만 우리 쪽도 상당한 피해가 예상되는지라 하후세가가 아닌 하후세가를 돕고 있는 문파들을 중심으로 공격을 하고 있습니다. 벌써 네 곳의 문파를 쓸어버렸고 그곳에서 사로잡은 인질을 무기 삼아 그들 문파를 전열에서 이탈시키는 데 성공했습니다."

"좋아. 그쪽도 문제는 없겠군. 결국 밑에서 올라오는 천무장이 골치라는 말인데. 아직까진 큰 문제는 없는 것이겠지, 태사?"

"그렇습니다. 몇몇 변수가 있기는 해도 큰 틀에서 계획은 성공적입니다. 천무장이 곡부에 도착했을 때 그들은 이곳이 자신들을 위한 무덤임을 뼈저리게 느끼게 될 것입니다. 다만 관건은……."

"그들이 도착하기 전에 정무맹을 막는 것이겠지."

"그렇습니다."

"무슨 수를 써서라도 반드시 막으라고 해. 이는 본 교주의 명이다."

"봉명!"

태사와 순우건이 동시에 명을 받았다.

아무런 표정도 드러나지 않는 태사와는 달리 교인들의 무조건적인 희생만을 강요하는 조고의 말에 순우건의 불만은 쌓여만 갔다.

巫山三峽

第十三章
성동격서(聲東擊西)

"예? 이제는 괜찮습니다."

추뢰의 말에 유대웅의 미간이 살짝 찌푸려졌다.

"괜찮기는 뭐가 괜찮아. 팔뚝의 상처를 보니까 잔뜩 곪아
있던데. 그리고 몸 곳곳에 당한 부상도 여전한 것 같고."

유대웅의 말에 붕대가 감긴 팔뚝을 쓱쓱 문지른 추뢰가 씨
익 웃었다.

"이 정도 상처쯤이야 침만 발라도 낫습니다. 걱정 마십시
오."

추뢰는 황하를 주름잡던 사나이를 뭘로 보느냐는 듯한 표

정으로 말을 했지만 유대웅은 그의 의견 따위를 들을 생각이
전혀 없었다.

"조만간 강행군이 시작될 거다. 아니, 당장 수련에 차질이
오잖아. 일단은 깔끔하게 부상을 치료하는 것이 좋겠다."

"저는 괜찮습……."

유대웅의 매서운 눈초리에 황급히 입을 틀어막은 추뢰가
맥 빠진 얼굴로 걸음을 옮긴 곳은 맹량산 북동쪽 중턱에 위치
한 묵검단의 임시 본부였다.

맹량산에서 벌어진 치열한 전투 이후, 묵검단은 곧바로 이
차 집결지로 떠날 수가 없었다.

그동안의 강행군도 강행군이었지만 사사천교와의 싸움에
서 사상자들이 워낙 많이 발생했기에 당장 병력을 움직이기
보다는 전력을 추스를 최소한의 시간이 필요했기 때문이었
다.

다른 이들은 이차 집결지에 속속 도착할 터. 왕욱은 묵검단
만 뒤처진다는 생각에 영 마음에 내키지 않았으나 맹량산 잔
류를 결정한 유대웅과 당학운의 의견에 반대를 하지 못했다.
그들을 제외한 모든 노사가 목숨을 잃은 데다가 특히 유대웅
에게 목숨의 빚을 진 상황인지라 반대할 엄두를 내지 못한 것
이다.

맹량산에서 전력을 추스르기로 결정한 묵검단은 주변에

임시 거처를 마련했는데 때마침 발견된 사냥꾼의 움막은 부상자들을 위한 치료소로 그만이었다.

막 움막에서 빠져나오던 당학운이 유대웅과 추뢰를 보곤 반색을 했다.

"자네 왔나?"

"예. 조금 지쳐 보이십니다."

유대웅이 그의 이마에 맺힌 땀방울을 보며 말했다.

"하던 짓이 아니라 조금 힘들군. 어찌하면 생명을 효과적으로 빼앗을지 주로 연구하던 내가 아닌가."

당학운이 농 아닌 농을 던졌다.

"한데 어쩐 일인가? 지금 시간이면 한창 훈련을 하고 있을 때로 알고 있는데."

당학운이 머리 위에서 강하게 내려쬐는 햇살에 눈을 찡그리며 물었다.

다른 대원들이 모두 휴식을 취하며 부상 치료에 전념하는 시간에도 묵검삼대를 매섭게 훈련시키는 유대웅의 악명은 이미 파다하게 퍼진 상황이었다. 오죽했으면 부상자들의 팔자가 상팔자라는 말이 나올 정도였겠는가.

"이 녀석의 부상 때문에 왔습니다. 치료를 더 받아야 하는데 자꾸만 고집을 피우기에 제가 직접 끌고 왔습니다."

유대웅이 인상을 구기고 있는 추뢰를 툭 치며 말했다.

"이제 괜찮은데 자꾸만 그러십니다."

추뢰가 답답하다는 듯 불만을 토로했다.

"사소한 부상이라도 제때에 치료하지 못하면 크게 덧날 수 있다. 귀찮더라도 깨끗하게 소독을 하고 붕대라도 새것으로 갈도록 해라."

당학운까지 유대웅을 거들자 추뢰도 더 이상 불만을 가질 수 없었다.

"알겠습니다. 그리하지요."

기가 죽은 모습으로 움막으로 들어가는 추뢰.

유대웅이 슬며시 뒤를 따르자 당학운이 그를 불렀다.

"어디 가나?"

"예?"

"추뢰가 상처는 많아도 심각한 곳은 없는 것으로 아는데 아닌가? 간단히 소독만 하면 될 게야."

"예. 어르신 덕분에 확실히 좋아졌습니다."

"내 덕은 무슨. 하연이의 실력이 좋은 것이지. 어린 것이 참으로 대단해. 내 송 장로의 놀라운 솜씨를 몇 번이나 보아 왔지만 그 아이의 실력도 만만치 않아. 성수의가에서 잔뜩 기대를 걸 만해. 조금만 있으면 제 할애비를 능가할 것이 틀림없을 걸세. 내 자네니까 하는 말이네만 솔직히 이곳에서 노부가 하는 일은 거의 없네. 그저 잘한다고 칭찬하는 것이 전부야."

"하하하! 그럴 리야 있겠습니까?"

호탕하게 웃음을 터뜨리며 슬그머니 움막으로 걸음을 옮기는 유대웅.

당학운이 그를 다시 불러 세웠다.

"그렇잖아도 잘 되었네. 방금 전에 단주가 급히 우리를 청한다는 전갈을 보내왔네. 어젯밤부터 척후들이 부지런히 움직이는 것 같더니만 뭔가 의심되는 일이 있는 것 같아."

"단주가요?"

유대웅이 못마땅한 얼굴로 되물었다.

"그래. 어서 가세나."

당학운이 왕욱이 머무는 곳으로 발걸음을 옮기자 움막 앞에서 잠시 머뭇거리던 유대웅이 결국 한숨을 내쉬며 몸을 돌렸다.

"한데 자네. 사과는 제대로 한 것인가?"

"예? 사과라니요?"

"하연이에게 말일세. 일전에 자네가 그 아이에게 어린 계집 운운하며 욕을 하지 않았나?"

"요, 욕이라니요. 전 다만 동료의 목숨을 살린다고 너무 위험한 상황을 초래하는 모습이 답답해서 한 말이었습니다."

"어쨌거나. 의도야 어찌 되었든 당사자가 들었을 때는 욕이나 다름없지. 노부가 듣기에도 오해의 소지가 있었으니까. 난 그래서 자네가 사과를 한 줄 알았지. 흠, 그래서 그 아이가 자네 얘기가 나오면 그렇게 쌀쌀맞은 표정을 지은 것이군."

유대웅의 몸이 흠칫했다.

"싸, 쌀쌀맞은 표정이요?"

질문을 하는 유대웅의 음성이 살짝 떨렸다. 그걸 아는지 모르는지 당학운의 말이 계속 이어졌다.

"그 아이가 제 조부를 닮아 그런지 다른 건 몰라도 자존심이 상당히 강하다네. 어차피 함께 싸워야 할 동료인데 적당히 사과를 하는 것이 좋을 것 같네만."

"저도 자존심은 꽤 강합니다만."

"묵검단의 꽃과 감히 자존심 싸움을? 어림없는 소리. 그만두는 것이 좋을 것일세. 당장 묵검단주가 싸우자고 덤빌지도 모르는 일이니까. 허허허!"

가볍게 농을 던지며 너털웃음을 짓는 당학운.

그저 같이 웃고 말면 그만인 것을 유대웅은 자신도 모르게 심통을 부렸다.

"꽃은 무슨 얼어죽을! 제가 그런 어린 계집과 자존심 싸움이나 할 사람으……."

말은 이어지지 않았다.

그의 시선은 당학운과 유대웅을 발견하고 벌떡 일어나 달려오는 왕욱, 아니, 그의 뒤에서 걸어오는 송하연에게 닿아 있었다.

'제길! 또!'

틀림없이 자신의 말을 들었을 것이다.

"우, 움막에 있어야지. 왜 여기 있어!"

뭐라 할 말이 없어진 유대웅이 당학운에게 인사를 하는 송하연을 향해 자신도 모르게 버럭 소리를 질렀다.

'병신아! 이 병신아!'

말을 던지는 순간부터 이미 후회를 하고 있었다.

영문을 알 길 없는 당학운과 왕욱이 깜짝 놀랄 때 정작 송하연은 표정 하나 변하지 않고 유대웅 옆을 지나쳤다.

"뭐래는 거야."

싸늘하고 새침한 그녀의 한마디가 귀에 와서 팍 꽂혔다.

오늘따라 유난히 푸른 창공이 괜시리 마음에 들지 않았다.

"우리를 찾았다고?"

"그렇습니다."

당학운의 말에 왕욱은 유대웅의 눈치를 살피며 고개를 끄덕였다.

붉게 상기된 얼굴에 잔뜩 굳은 미간은 유대웅이 지금 몹시 심기가 불편하다는 것을 보여주고 있었다.

"척후들이 바삐 움직이는 것 같더니만 그것과 관련이 있는 것인가?"

"예. 아무래도 이제는 움직일 때가 된 것 같아서 주변을 좀 살펴보았습니다."

"잘했네. 일단 물러나기는 했어도 벼랑 끝까지 몰린 놈들이니 분명 무슨 흉계를 꾸미고 있겠지. 그걸 알아낸 것인가?"

"놈들의 흔적을 찾아낸 것은 맞습니다만 뭔가 이상해서요."

"이상하다? 뭐가 이상하단 말인가?"

왕욱이 쉽게 얘기를 꺼내지 못하자 유대웅이 인상을 확 구겼다.

"꿀 먹은 벙어리처럼 답답하게 굴려면 아예 부르지를 말든지. 왜 괜히 불러서……."

"죄, 죄송합니다. 다만 도저히 이해하기 힘든 일이 벌어져서 쉽게 말씀을 드리지 못했습니다."

"자세히 말해보게."

당학운이 궁금한 표정을 지으며 설명을 재촉했다.

"이곳에서 북서쪽으로 이십여 리 떨어진 유채밭에서 사사천교 놈들의 시신을 발견했습니다."

"지금 같은 상황에서 시체 하나둘 발견하는 게 뭔 대수라고 난리야."

심사가 뒤틀린 유대웅의 음성엔 짜증이 잔뜩 묻어 있었다.

"한데 그 숫자가 근 오십에 이른다는 겁니다."

왕욱의 말에 유대웅의 눈동자가 흔들렸다.

"오… 십?"

"확실히 사사천교의 교인들이던가?"

당학운이 당혹스런 얼굴로 물었다.

"그렇습니다. 척후들의 말로는 대부분이 이번 맹량산에서 도주한 자들 같다고 했습니다."

"그럼 열화기 놈들이란 말인가?"

"그건 아닙니다. 열화기 놈들은 왼쪽 소매에 이글거리는 화염이 그려진 옷을 입고 있는데 이번에 발견된 시신 중 그런 옷을 입고 있는 자는 없는 것으로 압니다. 열화기는 분명 아닙니다."

"인근에 아군이 도착한 거 아냐?"

유대웅이 눈살을 찌푸리며 물었다.

"확인해 보았으나 우리 말고 다른 이들은 아무도 없습니다."

"혹, 관군이 움직인 것일까?"

"그럴 수도 있겠군요. 사사천교라면 관에서도 신경을 잔뜩 곤두세우고 있으니까요."

당학운의 말에 유대웅이 동의를 표했지만 왕욱은 다시 고개를 저었다.

"관군의 움직임 또한 없었습니다. 애당초 인근에서 그 정도 무림인을 몰살시킬 관군은 존재하지 않습니다."

"그렇다면 대체 뭐야? 어째서 놈들이 죽어 있는 거냐고?"

유대웅이 답답함을 참지 못하고 물었지만 왕욱 역시 답답하기는 마찬가지였다.

*   *   *

유대웅이 왕욱을 다그치던 그 시각, 장강수로맹에서도 오랜만에 원로회의가 열리고 있었다.

사실 회의라고 해봤자 장청이 원로들에게 그간의 일들에 대해 보고하는 것이 전부였지만 그래도 맹주가 부재중인지라 다들 책임감을 가지고 진지하게 회의에 임했다.

장강수로맹 내부 사안에 대한 이야기가 거의 끝날 즈음 뇌우가 왼쪽 어깨를 주무르며 물었다.

"한데 맹주는 지금 어디에 있느냐? 사사천교와의 싸움에 끼어들었다고 들었는데."

유대웅의 움직임을 거의 실시간으로 전해 받고 있는 장청이 대답했다.

"맹주님은 지금 맹량산을 떠나셔서 이차 집결지를 향해 이동 중이십니다."

"맹량산? 거긴 또 어디야?"

"맹량산은……."

"됐고. 이차 집결지가 어딘데?"

"봉황산(鳳凰山)입니다. 사사천교의 총단이 있는 곡부에서 북쪽으로 이십여 리 떨어진 곳에 위치한 곳입니다."

"실로 대단한 놈들이다. 설마하니 곡부에 숨어 있을 줄 누가 상상이나 했을까. 정확하게 어디라고 했느냐?"

자우령이 감탄을 하며 물었다.

"공림에서 북동쪽으로 오 리 정도 떨어진 학성촌입니다."

"정무맹에서 정확하게 파악하고 있겠지?"

"정확히 알고 있는지는 확신하지 못하겠습니다. 천무장 쪽에서 흘러나온 정보도 곡부까지였으니까요. 하지만 개방의 정보력이라면 아마도 찾아냈으리라 봅니다."

"그렇겠지. 아무튼 조만간 결판이 나겠구나."

"그런데 조금 이상합니다."

"뭐가 말이냐?"

"전부 다요. 뭔가 이상한 흐름이 있습니다."

"자세히 말해보거라."

자우령이 살짝 굳은 얼굴로 말했다.

"사사천교는 현재 삼면에서 공격을 받고 있습니다. 서쪽에서 정무맹, 남쪽에선 천무장, 동쪽에선 하후세가를 중심으로 한 군웅들. 사사천교가 제아무리 막강한 힘을 지니고 있다고 해도 상식적으로 버텨낼 수가 없습니다. 특히 천무장은 어느 정도의 힘을 지니고 있는지는 상상하기 힘들 정도로 무서운 곳입니다."

뇌우가 고개를 끄덕였다.

"그렇겠지. 철검서생이 식객으로 있을 정도면 말 다 했지."

"그런데 사사천교는 생각보다 너무 잘 버티고 있습니다."

장청의 말에 단혼마객 설진건이 의문을 표했다.

"아직 본격적인 싸움을 시작한 것은 아니지 않나? 곳곳에서 소규모의 싸움이 벌어지고는 있지만 그것만으론……."

이휘가 고개를 흔들며 말했다.

"의외로 정무맹이 큰 피해를 당했다고 들었네. 정검단은 아예 씨몰살을 당했다고 하던데. 맞나, 군사?"

"예."

"쯧쯧, 대다수가 구파일방의 제자들일 텐데. 가슴들 꽤나 아프겠어."

뇌우가 혀를 차며 말했다. 한데 표정을 보니 그다지 아쉬워하는 얼굴도 아니었다.

"사사천교가 정무맹에 그만한 피해를 입힐 수 있는 것은 그들에게 힘을 집중하기 때문이 아닌가?"

단혼마객의 물음에 자우령이 몇 마디 말을 덧붙였다.

"천무장도 기습 공격을 당했다고 하지 않았느냐? 그로 인해 이동이 느려졌다고 들었는데. 하후세가 또한 배후에서 공격을 당했고."

"그것이 이상하다는 것입니다."

대답을 하는 장청의 표정이 무거워졌다.

"뭐가 말이냐?"

"확인한 바에 의하면 천무장을 공격한 것은 사사천교의 빙천기였습니다. 열화기와 더불어 정무맹과의 싸움에에서도 가급적 아껴두었을 만큼 강하다고 알려진 빙천기는 명성대로 혁혁한 공을 세웠습니다. 천무장의 발걸음을 철저하게 묶는데 성공한 것입니다. 여기서 질문을 드리겠습니다."

장청이 여러 원로를 향해 시선을 돌렸다.

"복수를 천명하고 무림에 모습을 드러낸 천무장의 병력은 그야말로 압도적인 힘으로 강소성에 뿌리를 내린 사사천교를 모조리 소멸시켜 버렸습니다. 당연합니다. 병력을 이끌고 있는 수뇌들의 면면을 살펴보면 그렇지 못하는 것이 이상하지요. 그런 그들이 열화기에 의해 발걸음이 묶였습니다. 철검서생을, 섬천귀를, 파옥권을 상대로 그것이 가능하다 보십니까?"

"불가능하다."

뇌우가 단언하듯 소리쳤다.

"그런데 결과적으로는 가능한 것이 되어버렸습니다. 도대체 어찌 된 영문일까요? 이를 알아보기 위해 필사적으로 노력을 하였지만 그에 대한 모든 정보가 완벽하게 차단되어 도저히 알 수가 없었습니다. 많은 희생도 있었고요."

장청에 이어 항몽이 입을 열었다.

"하후세가 쪽의 일도 이상해요."

"그쪽은 후미에 있던 사사천교의 잔당들이 은밀히 힘을 모아 기습을 한 것으로 알고 있는데. 아닌가?"

단혼마객의 말에 항몽이 가만히 고개를 흔들었다.

"겉으로 드러난 것은 그렇습니다. 사실이기도 하지요. 하지만 그들 말고도 분명 다른 힘이 움직였습니다."

"다른 힘?"

"예. 그들의 정체를 정확하게 확인은 하지 못했으나 철저하게 조직된 제삼의 세력이 개입한 정황이 포착이 되었습니다. 덧붙여서 맹주께서 직접 상대하신 열화기의 움직임도 이상합니다."

"열화기가? 아주 난리군. 그놈들은 또 왜?"

뇌우가 놀란 눈으로 물었다.

"맹량산에서 패주한 그들이 전혀 엉뚱한 곳으로 이동하고 있다는 것이 본 문의 제자들에 의해 발견되었습니다."

"어디로 말이냐?"

항몽이 가만히 고개를 흔들었다.

"확실한 목적지는 알 수 없었습니다. 다만 본거지인 곡부
는 아니라는 것은 분명해요."

"묵검단에 호되게 당했으니 다른 목표를 찾는 것 아냐?"

"아니요. 보고에 따르면 그들이 이동한 길목에 사사천교
무리가 있었지만 오히려 그들을 피하듯 움직였다고 하더군
요. 정확히는 열화기라는 존재 자체를 지우려는 의도가 보인
다고 하였습니다."

"설마 이놈들. 도망치려는 거 아냐?"

뇌우가 어이없다는 듯 물었지만 항몽은 대답하지 않았다.

"그래서 네 생각은 어떤 것이냐?"

자우령이 장청에게 물었다.

잠시 뜸을 들이던 장청이 착 가라앉은 음성으로 대답했다.

"이번 싸움에 제삼의 힘, 다시 말씀드려 장군가가 개입했
다는 생각이 듭니다."

장군가라는 이름에도 다들 큰 반응은 없었다.

"애당초 사사천교를 전면에 내세운 놈들이 장군가가 아니
던가? 분명 어떤 식으로든 개입을 했겠지."

단혼마객이 고개를 끄덕였다.

"천무장은 어떠냐? 솔직히 난 그놈들이 가장 의심스러워. 갑작스레 나타난 것도 그렇고. 그 힘은 정말……."

철검서생은 둘째치더라도 뇌우는 자신과 같은 시대에 활동을 했고 실력 또한 조금도 모자람 없는 파옥권이나 섬전귀가 천무장의 수하가 되어 모습을 드러낸 것에 여전히 경악하고 있었다.

"일전에 천무장에 대해 조사를 한다고 하지 않았는가?"

지금껏 별다른 말이 없던 마독이 물었다.

"예. 지금도 최선을 다해 조사를 하고 있습니다만 그다지 건진 것은 없습니다."

"만검신군에 대한 소문은 어떠냐?"

뇌우가 끼어들었다.

"그건 그들이 초대한 자들의 증언으로 확인된 것 아냐?"

"맞습니다. 그리고 조사에 따르면 그건 분명 거짓이 아니었습니다."

"흐음."

팔짱을 끼며 깊게 숨을 들이켜는 마독은 어딘지 모르게 불편한 기색이었다. 본능이 그를 자극하고 있었다.

"대신 확실히 말씀드릴 수 있는 것은 천무장은 실로 대단한 힘을 지니고 있다는 것입니다. 속단하기엔 이르지만 지금까지 알려진 것만으로도 단일 문파로는 따라올 곳이 없습니다. 만약 안으로 더 큰 힘을 숨기고 있다면 무림은 삼세가 아니라 사세라 부르는 것이 맞을 수도 있을 것입니다."

"그 정도인가?"

이휘가 놀란 눈으로 물었다.

"예. 그리 확신하고 있습니다."

"장군가가 위장한 놈들이 아닐까?"

뇌우의 의심스런 눈초리에 항몽이 고개를 저었다.

"그리도 의심할 수는 있겠지만 지금까지의 경험에 의하면 장군가는 이처럼 드러내 놓고 활동을 하지는 않았습니다. 그들은 언제나 암중에서 힘을 키우고 무림을 잠식해 들어왔어요."

"같은 생각입니다. 천무장의 힘에 정무맹은 물론이고 전 무림의 시선이 쏠렸습니다. 새로운 세력의 대두를 누구보다 싫어하는 무림인들의 특징을 감안해 보면 그들의 일거수일투족이 감시받는다고 해도 무리는 아닐 겁니다. 물론 역으로 생각할 수도 있는 것이기에 그 또한 단언할 수는 없습니다. 그래도 가능성은 낮다고 봅니다."

장청의 말에 항몽이 한숨을 내쉬었다.

"철저하게 조사를 하고 있습니다만 신기루를 쫓는 것처럼 너무 모호해요. 딱히 의심 가는 부분도 없고요."

"그렇구나. 하나 네 말대로라면 천무장은 장군가와는 또

다른 폭풍의 핵이 될 듯싶다. 자고로 그만한 힘을 지닌 자들이 딴생각을 품지 않은 적이 없으니 말이다."

자우령의 말에 뇌우가 한마디를 툭 던졌다.

"기왕이면 장군가 놈들하고 박터지게 싸우면 좋으련만."

"하하하하!"

"맞습니다. 그리되면 이런 걱정은 하지 않아도 될 텐데요."

뇌우의 농담에 무거운 기운이 감돌던 태호청에 와자한 웃음이 찾아들었다.

웃음이 잦아들 즈음 자우령이 지나가듯 질문 하나를 던졌다.

"그런데 그건 또 무슨 소리냐?"

"무엇 말씀입니까?"

"은환살문에서 혈사림주의 목숨을 노리고 있다던데?"

모든 눈이 장청에게 쏠렸다.

"외부와 차단되어 있는 생사림에도 소문이 전해질 정도라면 전 무림이 알고 있다고 보는 게 맞겠지요. 맞습니다. 확실히 그런 소문이 돌고 있습니다."

자우령이 다시 물었다.

"단순한 소문이더냐?"

"사실이었습니다."

곳곳에서 탄성이 터져 나왔다.

"허!"

"은환살문이 미치지 않고서야 어찌 혈사림주의 목을 노린
단 말이냐?"

다들 믿기 힘들어하는 분위기였으나 마독만큼은 달랐다.

"청부를 받으면 움직이는 것이 그 세계만의 율법."

뇌우가 곧바로 반발을 했다.

"살수세계에서도 예외는 있어오지 않았나? 특히 무림십강
이나 삼세와 관련이 된 청부에서 그런 일이 두드러졌지. 난
그리 알고 있는데."

"이번엔 아닙니다. 분명 노리고 있습니다."

장청의 말에 뇌우는 여전히 회의적인 표정이었다.

"가능이나 할까?"

"가능하니 움직이는 것이 아니겠습니까? 게다가 혈사림주
는 무림십강으로 불리고는 있지만 실력은 그에 미치지 못한
다는 말이 나돌 정도로……."

"헛소리지. 그는 강하다. 다른 누구보다 더. 화산검선이 없
는 지금 천하제일인에 가장 가까운 사람이라 말할 수 있을 정
도야."

장청이 놀란 눈을 치켜떴다.

"하지만 사람들이 알기엔……."

뇌우가 전에 없이 진지한 음성으로 입을 열었다.

"제대로 싸운 적이 없어서 그런 것이다. 그의 싸움이 세상에 드러난 것은 딱 한 번. 화산검선과의 비무에서였다. 무참히 패하기는 했지만 당시 그의 나이가 서른도 되지 않았다는 것을 감안하면 화산검선과 무기를 맞댔다는 것 자체가 대단한 것이지."

"어쩌다가 싸우게 된 겁니까?"

"지금으로부터 백여 년 전, 피로 점철된 무림에 일시적인 평화가 찾아왔다. 당시에도 무림을 삼분하고 있던 정무맹, 마황성, 혈사림이 평화협정을 맺은 것이다. 그리고 그것을 기념하기 위해 비무대회를 열었다. 아느냐?"

"들어본 적은 있습니다. 꽤 오랫동안 지속이 되었지만 지금은 사라졌다고요."

"그래. 애당초 성향 자체가 다른 세력들인지라 평화는 얼마 가지 않았다. 그나마 십 년마다 열리는 비무대회는 꽤 오래 지속되었다. 어쨌든 비무대회는 정사마를 떠나 모든 무림인의 열광적인 지지를 받았고 우승자는 엄청난 부와 명예를 얻었다. 특히 나이 서른에 사문의 압박(?)으로 어쩔 수 없이 비무대회에 참가하여 단숨에 우승을 거머쥔 화산검선의 일화는 지금도 전설로 남아 있다. 혈사림주 능위도 그 비무대회에 참가해서 우승을 거머쥔 인물이다. 둘의 대결은 능위가 혈사림의 후계자로서 비무대회에서 우승을 하고 때마침 대회를 참관하고 있던 화산검선에게 도전을 하면서 성사된 것이지. 알다시피 결과는 혈사림주의 무참한 패배였지만. 비무대회가 사라진 것은 아마 그 이후였을 것이다."

"그렇군요."

"말이 조금 다른 곳으로 흘렀는데 혈사림주는 결코 만만한 사람이 아니다. 사람들은 그를 너무 몰라. 은환살문의 살예가 얼마나 대단한지 모르지만 그는 살수에게 당할 사람이 아니야. 모르긴 몰라도 능위의 성격상 암살을 시도했다는 자체만으로 은환살문은 처절한 보복을 당하게 될 것이다."

뇌우의 말이 끝나자 이휘가 입을 열었다.

"내 생각도 그렇네. 은환살문을 무시할 생각은 없네만 그렇다 해도 상대가 혈사림주라는 것은 아무래도 믿기 힘들어. 단지 뜬소문으로 끝나는 것 아닌가?"

"그건 아닙니다. 조사에 따르면 분명 어떤 움직임이 있습니다. 특히 무림에 산재한 수많은 살수조직이 은밀히 모여들고 있습니다."

"은환살문이 무림삼대살문으로 손꼽히기는 해도 무림의 살수계를 아우르지는 못할 텐데. 안 그런가?"

뇌우가 고개를 갸웃거리며 마독에게 물었다.

"그렇지요."

"돈으로 끌어들인 건가? 아무튼 대체 어떤 놈이 혈사림주의 목을 따 달라고 청부한 거야? 설마 정무맹에서 그런 것은 아니겠지?"

"사사천교만으로도 골머리를 썩이는 정무맹입니다. 긁어 부스럼을 만들 이유가 없지요."

장청이 고개를 흔들었다.

"하면 마황성?"

"정무맹보다 더한 자존심으로 똘똘 뭉친 곳입니다. 목숨을 원했다면 아마 정면으로 대결을 요청했을 겁니다."

"그럼 대체 어떤 놈들이 혈사림주의 목숨을 원한다는 거야!"

뇌우가 답답하다는 듯 소리쳤지만 정확한 대답을 아는 사람은 아무도 없었다.

*　　　*　　　*

"쯧쯧. 한심한 놈들."

천산의 거대한 온옥(溫玉)을 통째로 옮겨와서 만든 거대한 욕탕을 동녀(童女)의 붉은 피로 가득 채우고 느긋하게 혈정(血精)을 흡수하던 능위가 코웃음을 쳤다.

"광신도 놈들 때려잡느라고 아주 고생이 많군. 협이니 정의니 헛소리들을 지껄여 대더니만 꼴좋다."

능위가 술잔을 들자 얇은 능라의 하나만을 걸친 채 시중을
들던 시녀가 얼른 잔을 채웠다.

보고를 하는 귀령사신(鬼靈邪神)이 살짝 웃음을 흘리며 말
을 이었다.

"어쨌든 조만간 끝날 것 같습니다. 사사천교가 지금까지
버틴 것도 정무맹 내부의 힘겨루기 때문이었지 그들이 정말
강해서 그런 것은 아니었으니까요. 게다가 천무장이라는 알
수 없는 세력까지 적으로 돌렸으니 끝장나는 것은 시간문제
입니다."

"그러게. 천무장이 진짜 변수였어. 아, 말이 나온 김에 물
을까? 천무장에 대한 조사는 어디까지 진행되었지?"

능위의 물음에 귀령사신이 그의 뒤에 부복하고 있는 중년
인에게 고개를 돌렸다.

혈사림의 정보조직 흑비조(黑飛鳥)를 총괄하고 있는 이령(李
零)의 얼굴이 하얗게 질렸다.

"그, 그게……."

"왜 말을 더듬어. 똑바로 말해봐."

"저, 접근하기가 쉽지 않습니다."

"그러니까 어디까지 알아냈냐고?"

능위가 별다른 감정이 섞이지 않은 음성으로 물었다.

"그, 그것이……."

능위는 두 번 묻지 않았다.

"사암(死暗)."

짧은 한마디와 함께 흐릿한 안개가 이령을 뒤덮는가 싶더니 그의 입에서 처절한 비명이 터져 나왔다.

"버러지 같은 놈. 핑계만 늘어서 말이야."

능위는 공포에 질린 이령의 목이 욕실 바닥에 구르는 것을 보며 입꼬리를 슬쩍 말아 올렸다.

"귀령."

"예. 림주님."

"어째서 하나같이 이 모양이야? 저런 놈들이 흑비조의 수장으로 있으니 우리의 정보력이 마황성과 정무맹에 비해 떨어진다는 소리를 듣는 것 아냐? 이번엔 조금 똑똑한 놈으로 바꿔봐."

"알겠습니다."

귀령사신이 허리를 숙이며 명을 받았다.

하지만 그가 별다른 조치를 하지 않으리라는 것은 명을 내리는 능위도 명을 받는 귀령사신 스스로도 잘 알고 있었다.

능위의 잔인하고 변덕스러운 성격은 흑비조의 수장 자리를 혈사림에서 가장 힘들고 위태로운 자리로 만들어 버렸다.

언제부터인지 혈사림의 원로들은 뛰어난 인재들의 손실을

막기 위해 흑비조의 수장 자리에 큰 실수를 저질렀거나 별다른 능력 없이 밥만 축낸다고 낙인찍힌 이들을 추천하기 시작했다.

말이 좋아 수장이지 흑비조의 수장은 한마디로 능위의 변덕을 온몸으로 받아내는 희생양에 불과한 터. 흑비조는 수장 바로 밑의 지위에 있는 검수린(黔秀麟)이란 자가 오 년째 이끌고 있는 중이었다.

"대체 흑비조 놈들이 무능한 거야, 아니면 천무장 놈들이 대단한 거야?"

능위가 광기로 번들거리던 눈빛을 깊숙이 감추며 물었다.

"조금 이해를 해주셔야 합니다, 림주."

"이해라니?"

"현재 흑비조의 정보력은 사사천교와 정무맹의 싸움에 집중되어 있습니다. 천무장까지 조사를 하려면 아무래도 버거울 것입니다."

"흠, 그래? 그럼 진작 말을 하든가? 그랬다면 뒈지진 않았을 거 아냐?"

능위가 혀를 차며 말했다.

"상관은 없습니다. 그렇잖아도 너무 무능한 것 같아서 제 손으로 베어버릴 생각도 했으니까요."

"흐흐흐. 역시 귀령은 나랑 생각이 잘 맞는단 말이야."

"과찬이십니다. 그런데 수련은 잘 되십니까? 일전에 뵈었을 때와는 조금 달라 보입니다."

"눈치도 빨라. 마침내 혈강신(血强神)의 단계에 이르렀어. 이제 이따위 짓을 하지 않아도 된단 말이지. 으, 피비린내."

능위가 코를 틀어막으며 요란을 떨었다.

"대성을 축하드립니다."

귀령사신이 무릎을 꿇으며 머리를 조아렸다.

"고맙군. 제때에 이뤄서 다행이야. 내 생각이 틀리지 않는다면 조만간 아주아주 재밌는 일들이 벌어질 것 같은데 말이지."

"장군가를 염두하고 계시는군요."

"그래. 사사천교의 일은 서막에 불과해. 하긴, 다들 그렇게 생각은 하고 있겠지만. 건방진 놈들. 본좌가 있는데 감히 무림을 삼키느니 어쩌니 헛소리나 내뱉고 말이야."

능위가 노기를 드러내자 두 눈이 자연스레 붉게 변해갔다.

"그래서 드리고 싶은 말씀이 있습니다."

귀령사신의 태도가 극도로 조심스러워졌다.

"뭔데?"

"무이산(武夷山)에 가시는 것을 잠시 연기했으면 합니다."

"이유는?"

"주변 분위기가 좋지 않습니다."

"은환살문이 나를 노린다는 소문 말이냐?"

"단순한 소문만이 아닌 것 같습니다."

"지랄한다."

능위의 몸에서 혈기가 피어오르자 귀령사신의 몸이 움찔했다.

"그러니까 본좌 보고 살수 따위를 겁내 이곳에 처박혀 있으란 말이잖아!"

"하지만 만에 하나……."

귀령사신이 목숨을 걸고 입을 열었지만 능위는 간단히 무시를 해버렸다.

"닥치고. 예정대로 진행해. 나를 노린다고? 노리라고 해. 모조리 죽여줄 테니까."

능위는 보는 것만으로도 상대를 녹여 버릴 정도의 무시무시한 살기를 뿜어내고 있었다.

"조, 존명!"

귀령사신이 납작 엎드렸다.

살심을 드러낸 능위 앞에선 무조건적인 복종만이 살길이기 때문이었다.

*　　　*　　　*

발소리에 명상에 잠겼던 풍도가 가만히 눈을 떴다.

십이지살(十二支煞)의 막내 사농(司弄)이 공손히 무릎을 꿇었다.

"다녀왔습니다."

"상황은?"

"그대로 진행한다고 합니다."

풍도는 예상했던 듯 고개를 끄덕였다.

"당연한 일이지. 바꿀 위인이 아니야."

"그래도 혹시나 했습니다. 경호도 예전과 다름없이 진행될 모양입니다. 대비를 해야 한다고 주장하던 수하들이 되려 목숨을 잃을 뻔했다고 합니다."

풍도가 희미하게 웃음 지었다.

"애당초 놈을 노린다는 소문을 낸 것도 그런 성격을 이용한 것이다. 소문을 듣고 경계를 강화하는 것 자체가 그자에겐 자존심이 상하는 일이니까."

"어쨌든 생각보다 일이 쉽게 진행될 것 같습니다."

사농의 말에 풍도는 가만히 고개를 흔들었다.

"그렇게 만만한 상대가 아니다. 실력이 있기에 그만한 자존심도 세우는 것이야."

"살수 팔백이 동원되었습니다. 뇌화문에서 화기까지 지원이 왔으니 놈의 목이 떨어지는 것은 시간문제입니다."

사농은 자신만만했다.

"착각하지 마라."

"예?"

"그 정도 인원을 동원했다고 당할 능위가 아니라고. 팔백이 아니라 그 이상을 동원한다고 해도 전멸을 면치 못할 것이다. 그놈들의 역할은 그저 혈사림주의 시선만을 끌어주면 되는 것이다. 우리 또한 그렇고. 뭐, 그 과정에서 목을 취하면 더 좋겠지만 애당초 불가능한 일이라고 본다. 또 굳이 무리할 이유도 없고."

사농은 풍도의 말을 도저히 이해할 수가 없었다.

혈사림주의 무위가 아무리 뛰어나다고 해도 동원된 살수의 수만 팔백이 넘고 또 뇌화문에서 조달한 각종 화기들까지 준비가 되었다. 오십 정도에 불과한 호위병은 애당초 문제도 아니었다.

'후~ 문주께서 이렇게까지 조심스러워하시는 이유를 도무지 모르겠네.'

그렇다고 감히 거스르거나 반박할 수도 없었다.

"내 말이 무슨 뜻인지 곧 알게 될 터이니 굳이 이해하려고 하지 말고 가서 칠원성군(七元星君)이나 불러와라."

"예. 문주님."

사농이 기운 빠진 얼굴로 자리를 물러났다.

일각 후, 칠원성군이 풍도와 마주했다.

은환살문은 문주를 정점으로 바로 아래 칠원성군을 두고 그 밑으로 다시 십이지살을 두었다.

조직에 속하면서도 자유롭게 생활하는 칠원성군과는 달리 십이지살은 수많은 수하, 다시 말해 삼급에서 일급까지의 살수들을 거느리고 또 예비살수들까지 훈련시켰다.

무림엔 은환살문의 살수가 대략 백 명 정도로 알려졌지만 사실은 그 수가 삼백에 육박할 정도였다. 그것도 최소한 열 번의 살행에 성공한 삼급살수를 기준으로 한 것이니 예비살수까지 포함하면 칠팔백은 족히 넘었다.

"사농이 불만이 많은 모양입니다, 문주."

오척 단구에 이마엔 커다란 혹이 달리고 등까지 굽은 촌로가 반쯤 빠져 버린 누런 이를 보이며 웃음을 흘렸다.

동네에 한 명쯤은 살고 있을 것 같은 평범한 노인은 은환살문이 자랑하는 특급살수 칠원성군에서도 단연 첫손에 꼽히는 설유(雪柔)였다.

"그런 모양이더군."

풍도가 대수롭지 않게 대답하자 설유 옆에 서 있던 중년인이 콧방귀를 뀌며 말했다.

"혈사림주가 어떤 인물인지 제대로 몰라서 하는 것이지요. 멍청한 놈 같으니."

살수치고는 꽤나 큰 덩치를 지닌 그의 이름은 하용걸(夏勇杰)이었다.

"이번에 동원된 인원이 생각보다 많다고 들었습니다."

시신처럼 냉막한 표정의 문곡성(文曲星)의 물음에 풍도가 고개를 끄덕였다.

"팔백 정도 된다."

"혈사림주를 공격한다는 것을 알 텐데도 많이도 모였군요. 대단한 배짱들입니다."

"글쎄. 배짱이 대단한 것이 아니라 돈의 힘이 그만큼 대단한 것이겠지."

풍도의 말에 다들 당연하다는 듯 고개를 끄덕였다.

사람들이 가장 꺼려하고 천하게 취급하는 살수들에겐 명예나 의리, 지위 따위는 중요한 것이 아니었다.

그들의 행동은 오직 돈에 의해 결정되었다.

"그렇다고 아까울 건 없어. 어차피 우리 돈 쓴 것도 아니고 군사께서 보내주신 돈을 뿌린 것이니까."

"군사께서 자금을 지원하실 정도라면 허투루 할 수 없겠군요."

설유가 조금은 굳은 얼굴로 말했다.

"아무래도. 혈사림주의 목을 꼭 베라는 명은 없었지만 부담은 조금 되는군. 미래를 위해서라도 우리의 힘을 제대로 보여줄 필요도 있고."

"어느 선까지 생각하시는 겁니까?"

풍도의 말 속에 담긴 의미를 파악한 문곡성이 조용히 물었다.

"한번 시도는 해보려고."

"상대는 무림십강 중 한 명인 혈사림주입니다."

"너무 무시하는군. 나는 천하제일살수야."

"자신있으십니까?"

설유와 문곡성이 동시에 물었다.

긴장된 얼굴로 자신을 바라보는 칠원성군을 쓰윽 둘러본 풍도가 고개를 저었다.

"당연히 없지."

맥이 탁 빠지는 느낌.

칠원성군 중 살행의 경험이 가장 많다는 당촉(唐燭)이 한숨을 내쉬며 물었다.

"그런데 굳이 그런 모험을 하시려는 이유가 뭡니까? 그런 상대로 실패는 곧 죽음입니다."

"상대가 혈사림주니까. 지금껏 그만한 상대를 목표로 해본 적이 없잖아. 난 내 능력의 한계를 시험해 보고 싶다."

"너무 위험합니다."

설유가 고개를 흔들었다.

"그래서 부탁을 좀 하려고."

"무슨……."

"제아무리 혈사림주라도 칠원성군의 능력이라면 나 하나쯤의 목숨은 살릴 수 있잖아. 안 그래?"

풍도가 빙긋 웃었다.

무림인들이 마황성이나 혈사림보다 더 두려워한다는 은환살문 문주의 환한 웃음에 다들 한숨만을 푹푹 내쉴 뿐이었다.

*　　　*　　　*

산속에 아홉 굽이 계곡이 흐른다 하여 이름 붙은 무이구곡(武夷九曲).

천검과 그의 수하들이 무이구곡 중 육곡의 맞은편 만대봉(晚對峰)에 은신한 지도 만 하루가 지났다.

"놈들의 움직임은?"

막 운기행공을 끝내고 경건한 자세로 검을 손질하던 천검이 물었다.

은밀히 주변을 살피고 돌아온 잠혼대원이 그의 앞에 한쪽 무릎을 꿇으며 대답했다.

"혈사림주가 방문한다는 소식이 알려져서 그런지 다른 어느 때보다 주변 경계가 심합니다. 몇 가지 잔재주를 부리며 놈들의 시선을 끌어보려 해도 여의치가 않았습니다."

"그렇겠지. 하면 복호암(伏虎岩)의 상황도 파악하지 못했겠군."

"예. 접근하는 것 자체가 사실상 불가능합니다."

수하로부터 불가능하다는 말을 가장 듣기 싫어했던 천검이었으나 이번엔 그를 탓할 수가 없었다. 그만큼 복호암, 아니, 그곳에서 몽몽환 연구에 몰두하고 있는 광의에 대한 경계와 보호는 삼엄했다.

혈사림은 광의가 머무는 복호암을 중심으로 삼각형을 이루고 있는 석소정(石沼亭), 수월정(水月亭), 관폭정(觀瀑亭)에 병력을 주둔시켰는데 그 수가 상당했다.

그것도 부족해 복호암엔 오직 혈사림주만을 위한 수신호위 삼십이 광의를 지키기 위해 머물고 있었으니 그 경계의 수위가 혈사림주를 능가할 정도였다.

천검이 고개를 돌려 왼쪽에서 대기하고 있던 사내에게 고개를 돌렸다.

"은환살문 쪽에서 연락은 왔느냐?"

천검의 왼팔이라 할 수 있는 광홍(光弘)이 공손히 대답했다.

"그렇습니다. 내일 밤부터 공격을 시작한다고 했습니다."

"내일 밤이라. 생각보다 빠르네."

"예. 건양(建陽)을 지난 것으로 압니다. 애당초 이곳 무이산이 혈사림과 멀리 떨어진 곳이 아니까요."

"흠, 그렇군."

천검이 가볍게 고개를 끄덕였다.

"그런데 은환살문에서 혈사림주의 발걸음을 제대로 묶을 수 있을지 모르겠습니다."

"불안한 모양이군."

"솔직히 그렇습니다. 저희가 조사한 바에 따르면 혈사림주는 정말 무서운 자입니다. 비열하고 변덕스러우며 잔인한 성격은 둘째치고 무공실력만 보더라도 천하에 상대가 없을 정도입니다. 은환살문의 문주가 제아무리 뛰어난 살수라도 감당할 수 있는 상대가 아닙니다."

"걱정하지 마. 어차피 은환살문의 목적은 혈사림주의 목이 아니라 발을 묶는 것이다."

"복호암을 지키는 자들이 동요를 하고 우리의 계책이 그 틈을 파고들려면 은환살문에서 최소한 하루는 버텨야 합니다. 하지만……."

광홍이 회의적인 표정으로 말끝을 흐렸다.

"은환살문을 너무 무시하지 마라. 혈사림주가 무서운 만큼 은환살문의 문주 역시 무서운 인물이니까. 너희는 몰라도 나는 안다. 최소한 그 정도 임무는 할 수 있는 능력을 지녔다."

천무장주의 그림자와도 같은 천검.

그는 비슷한 부류라고 할 수 있는 풍도의 실력을 누구보다 제대로 파악하고 있었다.

"쓸데없이 그쪽 걱정하지 말고 우리 쪽이나 신경 써. 혈사림주를 구하기 위해 이곳의 병력이 얼마나 움직일지가 관건이기는 하나 분명 힘든 싸움이 될 테니까."

현재 광의를 보호하기 위해 무이산에 진을 치고 있는 혈사림 병력은 삼백에 육박했다.

총책임은 과거 유대웅과 악연이 있던 철혈독심 이자웅이었고 그에 못지않은 고수 넷이 혈사림에서도 정예로 손꼽히는 혈룡승천대(血龍昇天隊)를 이끌고 있었다.

그에 반해 천검이 이끌고 온 멸혼대의 수는 총 팔십. 병력의 차이는 엄청났다.

"염려하지 마십시오. 솔직히 지금 당장 싸운다고 하더라도 놈들을 모조리 쓸어버릴 자신이 있습니다."

광요의 말에 천검도 부정은 하지 않았다.

"네 말이 맞다. 그러나 이긴다 하더라도 피해가 제법 크겠지. 혈룡승천대야 그다지 상관이 없으나 광의를 지근거리에서 지키는 수신호위들은 만만치가 않거든. 이자웅과 노물들의 실력도 상당하고. 사실 장주께서 결심만 하셨다면 애당초 이런 구차스런 작전 따위를 계획할 이유도 없었다. 그냥 쓸어버리면 되는 것이지. 다만 그리될 경우 우리의 정체가 적에게 노출될 가능성이 높기에 이렇게 골머리를 썩이는 것이다."

"알고 있습니다."

"알고 있으면 계획에 한 치의 빈틈이 생기지 않도록 점검하고 또 점검해. 피해를 최소한으로 줄일 수 있는 방법도 강구하고. 무엇보다 놈들의 움직임을 면밀히 살펴야 할 거다. 특히 정보. 이번 작전의 성패는 정보를 어떻게 차단하고 조작하느냐에 달렸다고 해도 과언이 아니니까."

"명심하겠습니다."

광홍이 물러나자 천천히 고개를 돌린 천검이 멀리 복호암이 있는 산 중턱을 응시했다.

눈부시게 하늘을 수놓은 별들과 봉우리 위로 살짝 모습을 비친 초승달의 은은한 자태가 어우러져 실로 아름다운 풍광을 그려냈다.

천검이 가만히 술잔을 들었다.

"은환살문에 행운을."

巫山三峽

第十四章
학성촌(學成村)

곡부에서 북쪽으로 이십여 리 떨어진 봉황산.

주봉을 중심으로 양쪽으로 뻗은 능선의 모습이 마치 날개를 활짝 펴고 하늘을 나는 봉황의 모습을 닮았다 하여 이름 붙은 봉황산에 묵검단이 도착한 것은 자정을 막 넘겼을 때였다.

사사천교의 야습을 대비하는 삼엄한 경계망을 뚫고 집결지에 도착한 묵검단은 먼저 도착한 이들의 환대를 받으며 곧바로 휴식을 취했다.

유대웅과 당학운, 왕욱 등은 휴식을 취할 사이도 없이 집결지 중앙에 위치한 거대 막사로 안내되었다.

밤이 꽤나 깊었음에도 중앙 막사에선 토벌에 나선 정무맹과 각 문파의 대표들이 진지하게 의견을 교환하며 사사천교 총단에 대한 공격 방법을 계획하고 있었다.

"일단 학성촌에 살고 있는 자들은 사사천교의 교도라고 간주해야 한다고 봅니다."

"함부로 단정 지어선 안 되오. 다른 곳도 아니고 곡부요. 곡부가 어떤 곳인지 잊은 것이오?"

"그랬기에 지금과 같은 상황을 초래한 것이지요. 그들을 방치하고 움직이다 자칫하면 우리가 뒤통수를 맞을 수 있습니다."

"그래 봤자 글이나 읽던 자들이 무슨 힘이 있겠소?"

"착각하시는구려. 몽몽환을 잊은 것이오? 그 빌어먹을 약을 먹으면 골골대던 늙은이도 장정 두엇의 힘은 능히 낼 수 있소."

"제아무리 사사천교라 한들 설마하니 그 많은 사람을 방패막이로 내세우겠소?"

"허! 그동안 그렇게 당하고도 모르시오? 놈들은 우리를 이기기 위해선 수단과 방법을 가리지 않아 왔소. 괜한 동정은 아군의 피해만 늘게 할 뿐이오."

"그렇긴 해도……."

격렬하게 이어지던 대화는 막사의 문이 열리면서 잠시 중단되었다.

"묵검단이 도착했습니다."

경계병의 목소리와 함께 막사에 있던 모든 이의 시선이 일제히 입구 쪽으로 향했다.

당학운을 필두로 유대웅과 왕욱이 막사 안으로 들어섰다.

대부분의 사람이 분분히 자리에서 일어나 인사를 해오며 그들의 도착을 환영했다.

그러나 개중에는 그들의 도착을 영 못마땅해하는 사람들이 있었다. 대표적인 사람이 금검단의 노사로 따라온 종남파의 관지림과 일해도문의 오명종이었다.

"일찍도 오는군."

오명종의 비웃음에 당학운은 대꾸할 가치도 없다는 듯 고개를 돌려 그를 외면해 버렸다. 오명종이 발끈하려는 찰나, 사실상 이번 싸움을 이끈다고 할 수 있는 팽가의 가주 팽도언(彭導彦)이 앞으로 나섰다.

"그만두시오. 사선을 뚫고 오신 분들이오."

팽도언의 날카로운 눈빛이 자신에게 향하자 오명종은 무안함에 얼굴을 붉혔다.

"어서 오시게나, 일수비천."

팽도언이 당학운을 보며 반갑게 인사했다.

오명종을 대할 때와는 비교도 되지 않을 정도로 부드럽고 친근한 음성이었다.

당학운의 얼굴에도 웃음이 지어졌다.

오대세가와 척을 지고 있는 당가였으나 팽가와는 어느 정도 우호적인 관계를 유지해 왔다. 특히 가주 팽도언은 소싯적부터 개인적으로 친분도 있었다.

"가주께서 오셨군요. 그간 잘 지내셨습니까?"

"뭐, 그럭저럭 지냈네. 내 자네가 온다는 소리는 미리 들어 알고 있었지만 막상 이렇게 보게 되니 무척이나 반갑군그래."

"마찬가지입니다. 팽가에서 대대적으로 병력을 움직였다는 얘기는 얼핏 들었습니다만 설마하니 가주께서 직접 나서실 줄은 몰랐습니다."

"지리적으로 가깝기도 하고 산동악가의 복수도 해줄 셈으로 왔다네."

"그렇군요. 한데 언제까지 일선에 계실 생각입니까? 이제 가주 자리에서 물러나실 때도 됐다고 보는데요."

당학운의 말은 어찌 생각해 보면 상당히 무례한 말일 수 있었다.

팽도언의 뒤편에 있던 팽가 식솔들의 안색이 그의 말에 확 변하는 것이 이를 증명했다.

후계자 문제로 골머리를 썩이고 있는 팽가에서 가주의 은퇴는 결코 거론되어선 안 되는 말이었다. 하지만 정작 팽도언은 당학운의 말을 농으로써 즐겁게 받아들였다.

"그러게 말일세. 믿고 맡길 놈이 있어야 말이지. 이 나이가 되도록 잡무에 시달려야 하는 신세라니."

팽도언의 탄식에 팽가의 식솔들이 고개를 떨궜다.

"그때마다 드는 생각이네만 노부는 세가고 뭐고 다 털어버리고 훌쩍 떠난 그 친구가 그렇게 부러울 수가 없다네."

"큰형님 말씀입니까?"

"그렇네. 아직도 세가에 돌아오진 않은 것 같은데 잘 있다고 하는가?"

팽도언이 당가의 전대가주 당성(唐星)을 언급하며 부러워하자 당학운이 쓴웃음을 지었다.

"얼마 전 천산(天山)에 계시다는 전갈이 왔습니다만 지금은 또 어디에 계시는지 알 수가 없습니다."

"바람 따라 구름 따라 정말 신선처럼 지내는군. 부럽네, 정말 부러워."

팽도언의 탄식이 막사를 가득 채웠다.

피 튀는 혈전을 앞둔 상황.

게다가 수뇌부가 모인 막사의 분위기와는 전혀 어울리지 않는 신세 한탄임에도 딱히 뭐라는 사람이 없었다. 지위로나 배분으로나 팽도언보다 우위에 있는 사람이 아무도 없었기 때문이었다.

"가주님."

보다 못한 팽가의 식솔 하나가 낮은 목소리로 팽도언을 불렀다.

뒤늦게 자신의 실태를 깨달은 팽도언이 무안해하는 표정으로 헛기침을 하며 사과를 했다.

"미안하게 되었소. 아무래도 늙다 보니 쓸데없는 감상에 자주 빠지게 된다오. 자, 이제 묵검단까지 도착을 했으니 모든 병력의 집결이 끝난 셈이구려. 이제 놈들을 어찌 공략할지 제대로 논의해 봅시다."

팽도언의 말이 끝나기가 무섭게 사방에서 의견이 쏟아져 나왔고 막사는 곧 시장통을 방불케 할 정도로 엉망이 되었다.

하지만 이를 중재하고 정리를 해야 할 팽도언은 정작 한쪽 구석에서 당학운과 유대웅을 따로 만나고 있었다.

"처음 뵙겠습니다. 청풍이라 합니다."

유대웅이 정중히 인사를 했다.

"자네가 정무맹을 들썩이게 만들었다는 그 친구인가? 아무튼 반갑네. 이런 곳에서 검선 선배의 제자를 보게 될 줄은 몰랐군."

팽도언은 담담히 웃는 유대웅의 몸을 한참이나 바라보다

고개를 끄덕였다.

"과연. 어린 친구가 대단한 실력을 지녔어."

"과찬이십니다."

"겸손할 것 없네. 정무맹을 발칵 뒤집어 놓은 것도 그렇고 이미 사사천교와의 싸움에서 어떤 활약을 보였는지도 전해 들었으니까."

잠시 말을 끊은 팽도언이 중구난방으로 떠들어대는 이들을 못마땅하게 바라본 후, 나직이 말을 이었다.

"자네들이 오니 얼마나 든든한지 모르네. 솔직히 공이 탐나 싸움에 끼어든 자들이 많아서 영 미덥지가 못해."

팽도언의 말에 당학운이 이해한다는 듯 고개를 끄덕였다.

"평소 정무맹에서 꼼짝하지 않고 거드름만 피우던 위인들이 어째서 여기까지 왔는지 이상했습니다. 역시 훗날 벌어질 논공행상 때문이었군요."

"그게 아니면 이런 싸움에 나설 위인들이 아니지. 겉으로야 우리가 압도적으로 유리해 보이나 사사천교가 결코 만만한 곳이 아님은 자네들도 알 것이네. 이곳은 적진 한복판이고 어떤 변수가 있을지 모르는 전장. 게다가 우리에겐 시간도 없어."

"그게 무슨 말씀입니까? 시간이 없다니요?"

유대웅이 고개를 갸웃거리며 물었다.

"빙천기에게 발목이 잡혔던 천무장이 올라오고 있네. 늦어도 내일 밤이면 도착한다고 하더군."

"그들을 기다렸다가 함께 공략할 생각은 없는 모양이네요."

약간의 비웃음이 섞인 말이었지만 팽도언은 덤덤히 넘어갔다.

"아무렴. 솔직히 체면상 문제도 좀 있지."

당학운이 백번 이해한다는 표정으로 고개를 끄덕이며 물었다.

"하면 공격 시점은 정해진 겁니까?"

"내일 정오일세. 사실 오늘 밤이나 내일 새벽을 기해 공격을 하자는 의견이 많았지만 어림없는 소리. 야간에 공격을 한다는 것은 한마디로 기습을 하자는 말인데 사사천교에서 우리가 이곳에 모인 것을 뻔히 아는 상황에서 절대 통할 리 없지."

"그렇지요. 어둠은 우리보단 오히려 지형에 익숙한 저들에게 유리할 테니까요."

"맞네. 그래서 정오로 정한 것일세. 기습이 힘든 상황이니 차라리 당당히 쳐들어가기로 말이네."

"한데 무슨 이유로 저리 떠들어대는 것입니까?"

유대웅이 목에 핏대까지 세워가며 싸우는 수뇌들을 가리

키며 물었다.

"공격 시간을 정한 것 외에는 아무것도 정해진 것이 없다네. 누가 선봉에 설 것이며 어디를 어떻게 공략할 것인지 서로 간의 의견 차이가 너무 심해."

"흠, 어차피 끝난 싸움이니 기왕이면 자신들이 돋보이고 싶다는 생각이군요. 그것이 훗날 논공행상에서도 유리하겠고요. 한심한."

당학운이 혀를 차자 팽도언 역시 한숨을 내쉬었다.

"그러게 말일세. 그러면서도 가장 큰 피해가 예상되는 선봉엔 서로가 설 생각을 하지 않으니 웃기는 일이지. 아무튼 이곳 상황은 이렇다네. 그래도 어떻게든지 결말은 내야겠지. 자네들도 저리 가지."

자리에서 일어난 팽도언이 좀처럼 의견 차이를 좁히지 못하고 심지어 얼굴까지 붉히며 싸우는 이들을 중재하기 위해 움직이자 당학운과 유대웅도 말석 어귀에 자리를 잡았다.

회의는 새벽까지 이어졌다.

가끔 의견을 개진하는 당학운과는 달리 유대웅은 회의가 진행되는 내내 따분한 표정으로 연신 하품만 해댔다.

그것이 영 마음에 들지 않았던 오명종 등이 몇 번이나 그의 심기를 건드렸으나 유대웅은 별다른 반응을 보이지 않았다. 그 덕에 철저하게 외면을 당한 묵검단은 주공격에서 빠지고 예비병력으로 편성되는 행운(?)을 얻어냈다.

내심 선봉에 서서 공을 세우고 싶었던 왕욱이야 안타까움에 어쩔 줄을 몰라 했지만 예비병력으로 편성된 덕에 묵검삼대는 물론이고 화산파 제자들에게 닥칠 위험을 최소한으로 줄인 유대웅은 회의 결과를 무척이나 만족해했다.

*　　　*　　　*

봉황산에 모인 이들이 어떻게 사사천교를 공격할지 밤을 새가며 격론을 벌이는 것과는 대조적으로 그들을 기다리는 사사천교의 분위기는 의외로 차분했다.

늦은 밤, 결전을 앞두고 순우건과 술잔을 나누고 있던 조고는 수하들의 보고를 듣기 위해 잠시 자리를 비운 태사가 다시 돌아오자 약간은 긴장된 표정으로 물었다.

"뭐래?"

"내일 정오에 공격을 시작한다고 합니다."

"츱, 기왕이면 새벽에 시작해 줬으면 했거늘. 어차피 기습은 통하지 않을 테니 차라리 대낮에 치겠다는 거군요. 어찌 보면 현명한 선택입니다."

순우건이 술잔을 내밀며 말했다.

"그래도 상관은 없지. 이미 준비는 끝났으니까."

"병력은? 이전과 변동이 없나?"

"조금 전 묵검단이 도착을 했다고 합니다."

"묵검단."

묵검단이란 말에 조고의 얼굴이 일그러졌다.

열화기가 그들을 공격하다 큰 피해를 당하는 바람에 정무맹의 힘을 최대한 약화시킨다는 그들의 계획에 상당한 차질이 오지 않았던가. 괜시리 이름만 들어도 짜증이 났다.

"정확히 몇 놈이나 살아남은 거야?"

"칠십 정도 되는 것 같습니다."

"흠, 생각보다는 적군. 열화기가 그냥 당한 것은 아니었어. 아무튼 당연히 왔겠지? 그 청풍이란 놈."

"예."

"잘됐군. 반드시 놈의 목을 내 앞에 가져다 놓도록 해."

조고가 살기로 번들거리는 눈빛으로 말했다.

"알겠습니다."

태사가 공손히 대답을 했다.

"칠십이란 숫자는 어차피 대세에 큰 영향을 끼치지는 못합니다. 문제는 천무장이지요. 그자들의 움직임은 어떻습니까?"

순우건이 물었다.

"동곽(東郭)에 도착했다고 하네."

"동곽이면 이틀이 넘는 거리군요."

"맞네. 서두른다고 해도 최소한 모레 밤까지는 놈들을 볼 일이 없어."

사사천교의 모든 정보를 완벽하게 틀어쥔 태사는 천무장이 곡부와 한나절 거리까지 접근했다는 정보를 완벽하게 차단하고 있었다.

"다행입니다. 시간이 너무 촉박한 것은 아닌지 걱정했습니다. 정무맹에 이어 곧바로 천무장을 상대한다는 것은 분명 무리니까요."

순우건이 안도한 표정으로 술잔을 들자 조고가 코웃음을 쳤다.

"쓸데없는 걱정을 하긴. 정무맹과의 싸움을 최대한 빨리 끝내면 당장 내일 밤에 밀려온다고 해도 문제될 것은 없지. 안 그래, 태사?"

"조금 버겁기는 하겠지요. 하지만 말씀하신 대로 큰 문제는 없었을 겁니다."

담담하기는 해도 믿음이 가는 음성이었다.

태사의 자신감 넘치는 말에 조고가 크게 기꺼워하며 술잔을 치켜들었다.

"내가 이래서 태사를 좋아한다니까. 자, 잔들 들어. 정무맹 놈들을 모조리 쓸어버리는 역사적인 날을 미리 기념하도록

하지. 크하하하하!'

단숨에 잔을 비운 조고가 천하가 떠나가라 웃음을 터뜨렸다.

공손하게 잔을 든 태사와 순우건이 가볍게 눈빛을 교환하며 술잔에 입을 댔다.

'마음껏 드시구려, 교주. 살아생전 마지막 누리는 호사일 터이니.'

조고를 물끄러미 바라보는 태사의 눈빛 저 깊은 곳에서 한 줄기 연민이 가만히 나타났다 사라졌다.

*　　　*　　　*

마침내 결전의 날이 밝았다.

곧 벌어질 참상을 예견이라도 한 듯 하늘엔 먹구름이 잔뜩 끼었고 간간히 비치는 햇살엔 힘이 없었다.

공격을 준비하는 봉황산의 아침은 무척이나 분주했다.

곧 시작될 싸움에 대비하며 각자의 무기를 점검하고 서로를 격려하며 긴장을 풀었다.

수뇌들은 이른 아침부터 중앙 막사에 모여들었고 중간 지휘자들은 수하들에게 세부 계획을 알려주고 점검하느라 여념이 없었다.

"다들 정신이 없네."

소학의 말에 예도주가 입맛을 다셨다.

"그러게. 어째 우리만 소외된 느낌이야. 이게 좋은 건지 나쁜 건지 모르겠어."

"당연히 좋은 거지. 그렇게 싸우고도 또 싸울 생각이 드냐?"

묵검삼대의 고참격인 곤오명(昆烏鳴)이 핀잔을 주었다.

"그래도 동료들의 복수는 해야 되잖소."

맹량산에서 치명적인 피해를 당한 묵검사대.

세 명의 생존자 중 한 명인 교열(喬烈)이 불만 가득한 표정으로 말했다.

생사고락을 함께하던 동료들을 하루아침에 잃고 복수의 날만을 기다리던 교열은 묵검단이 예비병력으로 빠졌다는 말에 몹시 마음이 상한 상태였다.

"그 심정을 모르는 바는 아니나 사사천교는 어차피 무너지게 되어 있어. 한데 군이 피를 볼 필요가 있을까?"

"내 손으로 동료들의 복수를 하고 싶은 것이 잘못된 것이오?"

"아니. 오해하지 마라. 그저 또 다른 동료를 잃고 싶지 않다는 말이야."

교열의 언성이 높아지자 곤오명이 한발 뺐다.

"선배의 말은 나도 이해를 하오. 하지만 우리가 예비병력으로 빠지게 된 것에 청풍 노사의 힘이 지대하다 들었소."

"무슨 말을 하려는 거야?"

곤오명이 슬그머니 주변을 살피며 안색을 굳혔다.

혹여 화산파 제자들이 자신들의 대화를 듣고 있는 것은 아닌지 걱정이 되었다.

"청풍 노사가 묵검단을 예비병력으로 만들려는 것은 묵검단을 위한 것이라기보다는 묵검삼대, 아니, 정확히 말해서 화산파 친구들의 안전을 위함이 아니오?"

"어이, 말조심해."

예도주가 발끈했다.

"내 말이 틀렸어? 그게 아니라면 설명이 안 되잖아. 청풍 노사는 자파의 제자들을 챙긴다고 우리에게 동료들의 복수를 할 기회는 물론이고 공을 세울 기회마저 빼앗아 가버렸어."

"하, 미치겠네! 맹량산에서 누구 때문에 목숨을 구했는지 벌써 잊은 거냐? 청풍 노사님의 활약이 아니었다면 모조리 싸늘한 시신으로 변했을 거다."

"알아. 하지만 이건 다른 얘기잖아."

"다르긴 뭐가 달라. 물에 빠진 놈 구해주었더니 보따리 내놓으라는 격이잖아. 그리고 말은 똑바로 하자. 내가 보기엔 동료들의 복수보다는 공을 세우고 싶어하는 욕심이 더 큰 것 같다. 아냐?"

"개소리 하지 마!"

교열의 눈에서 불똥이 튀었다.

"너나 개소리 하지 말라고. 그렇게 피가 보고 싶으면 혼자 가든가. 괜시리 잘된 밥에 똥물 떨어뜨리지 말고."

"죽었어!"

교열은 예도주의 빈정거림에 더 이상 참지 못하고 폭발하고 말았다.

소학과 곤오명이 필사적으로 말린 덕분에 주먹다짐까지 오고가지는 않았지만 상대를 조롱하고 힐난하는 목소리가 어찌나 높았던지 묵검단은 물론이고 주변에서 휴식을 취하고 있던 다른 소속의 사람들까지 싸움을 구경하러 몰려올 정도였다.

"쯧쯧, 기운들 넘치는군."

멀찌감치 서서 둘의 다툼을 한심하단 눈길로 지켜보던 묵검이대 대주 귀무잠(歸霧潛)이 혀를 차며 고개를 돌렸다.

"솔직히 교열의 심정이 이해가 갑니다. 우리도 복수의 칼을 갈고 있었잖아요."

금방우(金傍羽)의 말에 귀무잠이 쓴웃음을 지었다.

"여기서 그런 마음을 갖지 않는 사람이 누가 있어? 왕욱 단주님은 선봉에 서고 싶다는 말까지 했잖아. 청풍 노사에게 바로 묵살당했지만. 어차피 지위가 깡패야. 당학운 노사님께서 청풍 노사의 의견에 동조하시는 이상 방법이 없어. 어차피 지금 와선 끝난 얘기고."

"그렇지만 이건 정말 너무하는 처사라고요."

"맞습니다. 항의를 해서라도 바로 잡아야 돼요."

귀무잠의 주변에서도 불만의 목소리가 터져 나오기 시작했다.

"저것들이 미쳤나!"

그늘막 아래서 쉬고 있던 추뢰의 눈빛에 살기가 깃들었다.

운종이 벌떡 일어나는 추뢰를 제지했다.

"그냥 있어."

"어떻게 그냥 있어요? 저런 헛소리를 듣고."

추뢰는 당장에라도 검을 뽑을 듯 흥분해 있었다.

"화가 나는 건 이해하지만 그렇다고 이건 아니지. 저들 심정도 이해는 가고."

"운종 사형 말이 맞아. 그리고 솔직히 말하자면 청풍 소사 숙조님께 그런 의도가 있다는 것은 우리도 알잖아."

"알긴 뭘 알아. 운격 너까지 헛소리할래?"

추뢰의 분노가 운격에게 향했다.

"왜 자꾸 화를 내. 흥분하지 말고 좀 앉아."

운격이 난처한 얼굴로 추뢰의 팔을 잡았다.

추뢰의 불같은 성격을 알면서도 괜히 끼어들었다는 후회 감이 밀려들었다.

"내 이놈들을 당장 요절을 내버리겠어."

결국 성질을 이기지 못한 추뢰가 운격의 팔을 뿌리치고 교 열 등을 향해 달려갈 찰나 뒤쪽에서 아름다운, 그러나 어딘지 모르게 차분하면서도 냉기가 깔린 음성이 들려왔다.

"그만하고 앉으세요."

추뢰의 몸이 움찔했다.

묵검단에서 그에게 이런 반응을 보이도록 할 수 있는 사람 은 오직 세 명뿐이었다. 그중 두 명은 중앙 막사의 수뇌회의 에 참석했으니 남은 사람은 오직 한 명뿐.

무릎 위에 검을 올려놓고 조용히 가부좌를 틀고 있던 영영 의 무심한 눈빛이 자신에게 향하자 추뢰는 어찌할 바를 몰랐 다.

"하지만……."

"앉으세요."

영영의 음성이 조금 더 차가워지자 추뢰는 풀 죽은 강아지 마냥 그대로 찌그러졌다.

"예."

추뢰가 공손히 자리에 앉자 주변에서 큭큭대는 소리가 들 렸다.

"그만들 웃어!"

추뢰가 두 눈을 부라렸지만 한번 시작된 웃음은 좀처럼 끊이지 않고 전염병처럼 퍼져 나가더니 수뇌회의를 마친 유대웅과 당학운이 도착할 때까지 이어졌다.

"왜들 그리 웃어? 뭐, 즐거운 일이라도 있는 모양이지?"

유대웅이 물었다.

대답할 생각은 하지 않고 다들 웃음을 참느라 고생을 하자 영영이 입을 열었다.

"별일 아니에요. 회의는 잘 끝난 건가요?"

"그래. 어차피 우리야 있으나 없으나였으니까."

유대웅이 싱긋 웃으며 대답하자 당학운이 쓴웃음을 지으며 고개를 내저었다.

"그나저나 별일은 아닌 것 같은데. 분위기가 왜 저래?"

유대웅이 묵검단 전체를 휘감고 있는 무거운 분위기를 감지하곤 그 이유를 물었다.

기회는 이때다 싶었던 추뢰가 얼른 나섰다.

"저것들이 감히 구해준 은혜도 모르고 헛소리를 지껄여 대서 그렇습니다."

"뭔 소리야?"

이해를 하지 못한 유대웅이 영영에게 다시 물었다.

"예비병력으로 빠지게 되어 불만들이 조금 있는 것 같아요. 아무래도 맹량산에서 동료를 많이 잃었으니까요."

영영의 말에 유대웅은 지금의 상황을 곧바로 이해했다.

"그래서 추뢰 저놈이 이리 흥분한 거야?"

"예."

"그럴 수 있는 일이잖아. 뭘 그런 것을 가지고 열을 내. 이
봐, 단주."

조마조마한 심정으로 서 있던 왕욱이 황급히 대답했다.

"예. 노사님."

"다들 전해. 예비병력이기는 하지만 안전하리란 생각은 아
예 버리라고. 사사천교가 그리 간단한 놈들이 아니라는 것은
지금까지의 싸움으로 충분히 경험했잖아. 모르긴 몰라도 복
수할 기회는 충분히 있을 거다. 그 복수가 이쪽의 복수가 될
지 그쪽의 복수가 될지는 아무도 모르는 거지만. 그러니 불만
늘어놓을 시간이 있으면 휴식이나 제대로 취하라고 해. 싸움
이 시작되면 언제 휴식이 주어질지 모르니까 말이야."

"알겠습니다."

어찌 생각하면 충분히 불쾌한 일일 수 있었지만 별다른 화
를 내지 않고 대수롭지 않게 넘기는 유대웅을 보며 다들 안도
했다.

그건 유대웅을 전적으로 믿고 따르는 대원들뿐만 아니라
그에게 불만을 토로했던 이들 또한 마찬가지였다. 격렬하게

불만을 토해내면서도 혹여 유대웅의 분노를 사지 않을까 내심 걱정할 정도로 유대웅이 며칠 동안 그들에게 보여준 존재감은 실로 엄청난 것이었다.

*　　　*　　　*

봉황산을 출발한 군웅들은 정오 무렵 사사천교의 총단이 숨겨져 있다는 학성촌을 눈앞에 둘 수 있었다.

"준비해라."

한참 동안이나 학성촌을 바라보던 팽도언이 착 가라앉은 음성으로 명을 내렸다.

선봉을 맡게 된 팽가의 무인들이 일사불란하게 움직이기 시작했다.

가장 명예로운 자리였으나 그만큼 위험하고 많은 피해를 각오해야 하는 것을 알기에 다들 긴장된 표정이 역력했다. 하지만 시간이 흐를수록 필승을 다짐하는 전의와 투기가 그들의 얼굴에서 긴장감을 지워 버렸다.

수하들의 몸에서 뿜어져 나오는 기운을 온몸으로 느끼며 만족 어린 미소를 짓던 팽도언은 그들의 투기가 최고조에 이를 때까지 기다렸다가 천천히 손을 들었다.

"공격하랏!"

명이 떨어지기가 무섭게 거대한 함성이 들판을 가득 메웠다.

가장 먼저 달려나간 일단의 병력이 학성촌 가장 외곽에 위치한 집들을 향해 달리기 시작했다.

그곳에 살고 있는 주민들이 사사천교의 교도인지 아닌지는 중요하지 않았다. 조그만 위험요소라도 남기지 않고 제거하는 길만이 피해를 최소화하는 방법이라 여긴 것이다.

그렇다고 무작정 살수를 휘두를 생각은 아니었다. 반항을 하지 않는 주민들은 그저 제압만 할 뿐이고 반항을 하는 자들에게만 살수를 뿌리기로 내부 지침이 내려진 상태였다.

그런데 상황이 조금 이상하게 흘러갔다.

선발대가 덮친 집은 모두 여섯 곳. 한데 단 한 곳에서도 사람을 발견하지 못한 것이다.

"철저하게 조사해라. 혹여 은신하고 있을지도 모르니."

팽창(彭蒼)이 신중히 명을 내렸다.

팽창의 명에 따라 보다 철저하게 주변을 조사하는 사내들은 집과 주변 밭에서 풍기는 분뇨 냄새에 코를 틀어쥐며 오만상을 찌푸렸다.

"무슨 냄새가 이리 독해."

"그 집도? 여기도 그래. 아무튼 이상 없… 크악!"

팽창을 향해 보고를 하던 사내의 입에서 처절한 비명이 터져 나왔다.

사내는 믿을 수 없다는 듯 발밑으로 고개를 떨궜다.

사내의 발밑, 땅속에서 검 하나가 삐죽이 솟구쳐 있었다.

검은 사내의 사타구니를 찌르고 들어와 몸 중앙을 관통했다.

그것을 시작으로 곳곳에서 적의 암습이 이어지고 연이어 비명이 터져 나왔다.

비명의 주인은 대다수가 팽가의 무인들이었다. 더러는 적의 암습을 가까스로 피해내고 곧바로 반격을 펼친 자도 있었으나 피해는 팽가의 무인들에게 집중되었다.

기분 좋게 기선을 제압하려던 팽도언은 생각지도 못한 피해에 크게 분노했다.

"팽만(彭灣)!"

팽도언이 풍뢰진천대(風雷振天隊)를 이끌고 있는 조카 팽만을 불렀다.

"예. 가주님."

"보았다시피 학성촌에 평범한 백성은 없다. 단 한 놈도 남기지 말고 모조리 쓸어버려라."

"알겠습니다."

팽도언의 분노를 온몸으로 느끼며 물러난 팽만이 마을을 향해 칼을 곧추세우자 머리부터 발끝까지 온몸을 묵빛으로 물들인 사내들이 그의 명에 따라 일사불란하게 움직였다.

한 몸처럼 움직이며 내뿜는 풍뢰진천대의 기세와 위압감은 뒤에서 지켜보는 아군들에게마저 두려움을 느끼게 할 정도였다.

마을로 진입하는 풍뢰진천대를 향해 공격이 시작됐다.

하지만 풍뢰진천대는 학성촌 외곽 곳곳에 준비된 사사천교의 안배를 너무도 쉽게, 그리고 완벽하게 박살 냈다. 하북을 내 집 마당처럼 질주하며 쩌렁쩌렁 호령하는 그들의 명성이 결코 과장된 것이 아님을 확실하게 증명하는 것이었다.

그 과정에서 약간의 손실이 있었지만 오륙십 명 정도가 목숨을 잃은 사사천교의 비하면 손실도 아니었다.

잠시 주춤하기는 했어도 선봉에 선 팽가는 그들의 역할을 훌륭하게 수행했고, 풍뢰진천대를 앞세우며 거침없이 마을 안쪽으로 치고 들어갔다.

주변 곳곳에서 함성이 들리는 것을 보면 좌우로 갈라져 이동했던 병력들도 본격적으로 공격을 시작한 것 같았다.

단숨에 학성촌을 점령하고 마을 지하에 존재한다는 사사천교의 총단마저 금방 무너뜨릴 수 있다는 자신감이 모든 이의 머릿속을 잠식하기 시작했을 때 후미에서 이를 지켜보는 유대웅만은 고개를 갸웃거렸다.

학성촌은 예상대로 평범한 마을이 아니었고 적은 이미 만

반의 준비를 한 상태였다.

풍뢰진천대가 그들을 기다리고 있던 매복과 암습을 제법 훌륭하게 격파를 하였으나 그렇다고 무조건적인 돌격은 결코 바람직한 공격 형태가 아니었다.

무엇보다 학성촌을 에워싸고 있는 기운이 예사롭지 않았다. 딱히 뭔가가 느껴지는 것은 아니었으나 원인 모를 불쾌감과 더불어 본능적인 위기감이 전신을 엄습했다.

"어르신."

"왜 그러나?"

"아무래도 이상합니다."

유대웅의 말에 당학운의 안색이 급변했다.

"뭐가 말인가?"

"뭐라고 말씀드리긴 애매하지만 느낌이 영 좋지 않습니다. 공격을 잠시 멈추고 주변을 살피는 것도 나쁘지 않다고 봅니다."

유대웅과 당학운의 대화에 귀를 쫑긋 세우고 있던 묵검단 대원들의 얼굴에 실망의 기운이 스쳐 지나갔다.

한창 기세 좋게 적을 몰아붙이고 있는 상황에서 공격을 멈춘다는 것은 스스로의 기세를 꺾는 것은 물론이고 오히려 적에게 숨 돌릴 틈을 주자는 말이나 다름없었다.

묵검단이 예비병력으로 빠지게 된 것에 불만을 터뜨리던

이들 중 일부는 노골적으로 비웃음을 흘리기까지 했다.

하지만 당학운은 유대웅의 말을 결코 흘려듣지 않았다.

지금 이곳에 모인 이들 중 유대웅보다 강한 사람은 없었다.

누구보다 강한 호승심과 물러설 줄 모르는 투지로 장강을 일통했고 무림십강에 버금가는 무공을 지닌 사람이 바로 유대웅이었다.

그런 유대웅이 뭔지 모를 느낌에 불안해한다면 이는 반드시 짚고 넘어가야 할 문제였다.

유대웅의 날카로운 이목에도 걸리지 않을 정도로 은밀한 뭔가가 진정 존재한다면 그것이 드러났을 때의 위협은 가히 상상도 할 수 없는 것이기 때문이었다.

"아무래도 팽 가주께 가봐야 할 것 같군."

"쉽게 받아들이지 않을 겁니다. 제가 쓸데없이 예민한 것일 수도 있고요."

냉소적인 주변 반응을 인식한 유대웅이 씁쓸히 고개를 흔들었다.

"차라리 그렇다면 다행이지. 그러나 아무래도 그런 생각은 들지 않는군. 다녀오겠네."

당학운은 황급히 자리를 뜨자 상반된 시선이 유대웅에게 쏠렸다.

유대웅의 말을 믿는 자와 그렇지 못한 자.

유대웅의 능력을 누구보다 잘 알고 있는 화산파 제자들과 묵검삼대 대원들은 유대웅이 말에 절대적인 신뢰를 보냈지만 아무래도 뒤늦게 합류한 대원들의 눈엔 불신의 빛이 역력했다.

"흐음, 아무래도 심각한 모양이네."

당학운이 팽도언을 만나기 위해 서둘러 달려가는 것을 본 당소진의 얼굴엔 걱정이 가득했다.

"걱정 마세요. 별일이야 있겠어요."

당가의 무인들이 묵검단에 합류하면서 급격하게 친해진 송하연이 그녀를 다독였다. 말은 그리하면서도 얼굴은 이해하기 힘들다는 표정으로 말했다.

"청풍 공자님이 저렇게 긴장을 하시는 것엔 보면 분명 그럴 만한 이유가 있어."

"호호, 언니도 참. 설마하니 지금 저자의 말을 믿는 거예요?"

"또! 말 함부로 하지 말라고 했잖아."

"……"

송하연은 눈 하나 깜짝하지 않았다.

"정말."

미간을 잔뜩 찌푸리며 화를 내던 당소진은 유대웅이 송하연과 처음 만나는 순간부터 벌써 몇 차례 큰 실수를 했다는 것을 상기하며 한숨을 내쉬었다.

"청풍 공자님이 아무리 실수를 했어도 그러면 안 돼."

"……."

반응은 역시 싸늘했다.

"뭐, 좋아. 오해를 풀면 차차 나아지겠지. 그건 둘째치고 송 매는 청풍 공자님의 말을 믿지 않는구나."

"말이 되는 소리를 해야 믿든지 하지요. 애매하지만 위험한 것 같다니요? 참내. 그런 말은 누가 못하겠어요?"

송하연이 심각한 표정으로 전장을 살피고 있는 유대웅을 힐끗 바라보며 말했다.

입가엔 가소롭지도 않다는 비웃음을 짓고 있었다.

"청풍 공자님의 실력을 알기나 하면서 그런 말을 하는 거야?"

"정무맹에서의 일은 소문으로 들었어요. 뭐, 맹량산에서 맹활약을 한 것을 보면 뛰어나겠지요."

송하연이 건성으로 대답했다.

당시 동료들의 치료에 집중하던 송하연은 묵검단이 얼마나 심각한 위험에 처해 있었는지, 또 유대웅이 어떤 활약으로 그들을 구했는지 제대로 인식하지 못하고 있었다.

말로 듣는 것과 직접 눈으로 보는 것은 그야말로 천지 차이.

그녀가 유대웅을 실력을 조금이나마 본 것은 자신의 목숨을 구해주던 순간이었는데 워낙 환자에 집중하고 있던 상황이라 그때도 큰 인상을 받지는 못했다.

또한 그녀는 주변에서 유대웅의 실력을 극찬하는 것에도 상당한 반감을 가지고 있었다.

그녀에게 있어 유대웅은 극히 오만하고 막말을 일삼는, 매일같이 훈련을 빙자하여 수하들을 괴롭히고 직접 치료소까지 데려오며 자신의 인자함을 과시하려는, 참으로 악랄한 이중성을 지닌 무뢰한일 뿐이었다.

"하지만 실력이 뛰어나면 뭐하겠어요. 인성이 받쳐 주지 않으면 아무 짝에도 쓸모없는 것인데요."

당소진은 선입견이라는 것이 얼마나 무서운 것인지 다시금 느끼며 체념하듯 말했다.

"첫인상이 참으로 무섭네. 그렇게 마음에 안 들어?"

"당연하죠."

싸늘한 한 마디에 당소진도 결국엔 두 손 두 발 다 들고 말았다.

그녀들이 자신을 놓고 한창 왈가왈부하는 사이 유대웅은 그 나름대로 지금의 상황을 정확히 파악하기 위해 노력하고 있었다.

전신의 기감을 모두 끌어올려 전장의 상황을 살피고 혹여 수상한 움직임이나 위협이 될 만한 것은 없는 것인지 끊임없이 살피고 또 살폈다.

무엇인가가 잡힐 듯 잡히지 않았다.

'분명 뭔가가 있다. 특히 이 느낌은 너무 불길해. 위험하기도 하고. 마치……'

홀로 생각에 잠기던 유대웅은 스스로 깜짝 놀랐다.

'지금의 이 느낌은 분명 경험한 적이 있다. 틀림없어.'

실마리를 잡았다고 판단한 유대웅.

뇌리 속 깊은 곳의 기억을 미친 듯이 파고들어 마침내 원하는 답을 찾아냈다.

"반죽림!"

고개를 번쩍 치켜드는 유대웅의 얼굴이 경악으로 물들었다.

'진법이다. 학성촌 전체가 거대한 진법으로 이뤄져 있어.'

과거 녹수맹을 치기 위해 직접 움직였던 유대웅은 지금은 수하로 들인 성운의 도움을 받아 녹수맹 수비의 최후의 보루와도 같았던 반죽림을 돌파한 적이 있었다.

당시 반죽림에는 오행환유진, 팔문금쇄진, 그리고 풍운조화진이라는 무시무시한 진법이 펼쳐져 있었는데 진법에 조예가 뛰어난 성운의 도움을 받았음에도 불구하고 몇 번의 죽을 고비를 넘기고서야 겨우 반죽림에서 빠져나올 수 있었다.

한데 바로 지금, 그때의 무시무시하고 공포스런 느낌이 학성촌에서 전해지고 있는 것이다.

비로소 모든 것이 확연해졌다.

'사사천교는 마을 외곽 곳곳에 매복을 하고 암습을 하면서 아군의 이목을 흩뜨렸고 막대한 피해를 감수하면서 마을 중심부까지 깊숙이 끌어들였다. 그 모든 과정의 이유는 오직 하나. 우리 모두를 함정으로 끌어들인 것이다. 마을 전체가 진법으로 이루어진 위험한 함정으로.'

주력은 물론이고 예비병력인 묵검단까지도 이미 마을 안쪽으로 진입한 상태였다. 좌우에서 협공하던 병력 또한 마찬가지였다.

시간이 없었다.

"모두 모여라."

유대웅의 갑작스런 외침에 다들 멍한 눈으로 유대웅을 바라보았다.

"모이라고!"

유대웅이 벼락같이 소리를 질렀다.

전장을 뒤흔드는 사자후에 오히려 몸이 굳어버렸다.

더 이상 시간을 지체할 수 없다고 판단한 유대웅이 대원들을 향해 달려갈 찰나, 맑은 하늘위로 불화살이 치솟았다.

불화살은 별다른 목표도 없이 사방으로 흩어졌다.

화살도 제대로 쏘지 못한다고 곳곳에서 비웃음이 터져 나올 때 유대웅만은 웃을 수 없었다.

그사이 그를 중심으로 묵검단이 모여들었다.

"우린 지금 함정에 빠졌다."

"그게 무슨……."

깜짝 놀란 왕욱이 질문을 하려 할 때 유대웅이 그대로 말을 잘랐다.

"사사천교는 이곳에 거대한 진법을 설치했다. 마을 전체가 함정이란 말이다. 보다시피 아주 제대로 걸려들었지. 그리고 저건 아마도……."

유대웅이 곳곳에 불을 지피는 불화살을 보며 입술을 꽉 깨물었다.

"진법의 발동을 알리는 신호탄일 거다."

유대웅의 말이 끝나기가 무섭게 일진광풍이 묵검단을, 팽가와 함께 신나게 공격을 퍼붓던 군웅들을, 좌우에서 합공을 하던 이들을 휘감았다.

사방에서 타오른 불길이 하늘 높을 줄 모르고 치솟으며 곳곳의 길목을 차단하고 새하얀 연기가 학성촌을 서서히 뒤덮기 시작했다.

그 연기가 수상하다는 것을 가장 먼저 알아챈 사람은 단연 당가의 식솔들이었다.

"연기가 심상치 않아요."

당소진이 유대웅 곁으로 달려오며 말했다.

유대웅 역시 본능적으로 위험을 직감하고 있었다.

"그런 것 같소. 독이오?"

대답은 당소진이 아니라 뒤쪽에서 들려왔다.

팽도언을 만나러 갔던 당학운이 낭패한 모습으로 돌아온 것이었다.

"독이 아니라 환상초(幻想草)에서 뽑아낸 미혼향일세."

"작은 할아버지!"

당소진이 환한 얼굴로 당학운을 반겼다.

당소진의 머리를 가볍게 쓸어주며 안심을 시킨 당학운이 극도의 혼란에 빠진 전장을 가리키며 말했다.

"자네를 불안하게 했던 것이 바로 이것이었군."

"예. 진법입니다."

당학운이 깜짝 놀라 되물었다.

"지, 진법이란 말인가?"

"그렇습니다. 마을 전체가 하나의 진이라고 보시면 될 겁니다."

"난 그저 환상초를 이용해 우리의 정신을 흐리게 만들려는 술책인 줄 알았건만."

당학운은 자신의 생각보다 상황이 훨씬 심각하게 흘러가

자 크게 당황하고 있었다.

"환상초의 약효는 어느 정도입니까? 혹 정신을 잃거나 목숨을 빼앗는 작용을 하는 것입니까?"

"아니네. 단지 향을 맡은 사람의 정신을 흐리게 하고 의지를 약하게 만드는 역할을 하네. 사실 독이라고 하기도 뭐하지. 색주가에선 쾌락을 증대시키는 묘약으로도 종종 사용하기도 하니까."

"이 친구들이 버틸 수 있겠습니까?"

유대웅이 바싹 긴장한 묵검단을 가리키며 물었다.

"어느 정도 내력이 받쳐 줄 터이니 금방 문제가 되지는 않을 걸세. 다만 너무 오랫동안 노출되면 아무래도 문제가 발생할 요지가 크네."

"적의 공격을 받는다면 중독될 확률이 더 높겠지요?"

"물론이네. 몸이 힘들고 지칠수록 효과를 발휘하는 것이니까."

"진법에 환상초라. 그야말로 최악의 조합이군요."

과거 반죽림에서의 끔찍했던 경험을 떠올리자 등에 식은땀이 흘러내렸다.

"하니 어찌해야 하는가?"

"잘 모르겠습니다. 누군가 이 진법을 파훼할 수 있는 자가 나오기를 바라야겠지요. 아니면……."

"아니면?"

유대웅은 차마 대답을 하지 못했다.

'힘으로 부숴야겠지요. 그게 아니면 이곳에서 모두 죽게 될 것입니다.'

당학운은 착 가라앉은 유대웅의 눈빛 속에서 그가 하고자 하는 말을 알아차릴 수 있었다.

"지금 즉시 원형진을 구축한다. 무공이 약한 사람을 중앙으로 하고 그들을 중심으로 원형진을 만들어."

두 번의 말이 필요가 없었다.

묵검단원들은 유대웅의 말에 따라 곧바로 원형진을 구축했다.

"다들 가부좌를 틀고 앉아라. 방향은 중앙에서 바깥으로. 본격적으로 진이 발동하면 어떤 위험이 닥칠지 모른다. 생문과 사문이 교차되고 자칫 한발만 잘못 내딛어도 생사가 갈리는 상황에 직면할 수도 있다. 우선은 무사히 버티는 것이 중요하다."

"외부에서 적이 공격해 오면 어찌 되는 것입니까?"

왕욱이 물었다.

불안에 떠는 묵검단 모두의 시선이 유대웅에게 향했다.

"어르신과 내가 막는다. 단 한 놈도 접근시키지 않을 테니 그것은 걱정 마라. 목숨을 걸고 약속한다."

유대웅의 결의에 찬 음성이 묵검단의 마음을 뒤흔들었다.

바로 그때였다.

"운무잠룡대진(雲霧潛龍大陣) 같아요."

유대웅의 움직임이 그대로 멈췄다.

천천히 고개를 돌리는 유대웅.

음성의 주인을 확인한 그의 얼굴이 환해졌다.

"멍청한! 내가 너를 잊고 있었구나."

칠음절맥이란 천형(天刑)을 극복해 낸 희대의 천재.

유대웅에게 살짝 미소를 지어 보이며 고개를 숙이는 영영의 모습은 그야말로 암흑 속에 비친 한줄기 서광(曙光)과도 같았다.

『장강삼협』 11권에 계속…

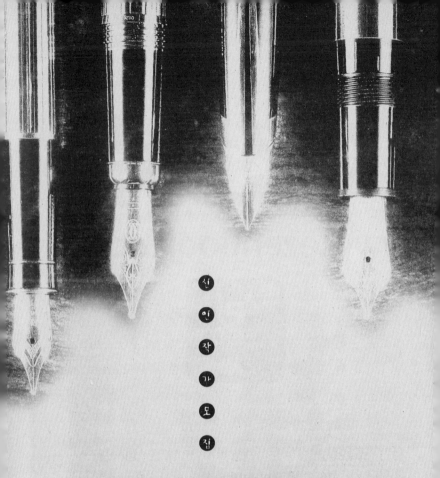

도덕경

촌부 新무협 판타지 소설

FANTASTIC ORIENTAL HEROES

천애
협로

『우화등선』,『화공도담』의 뒤를 잇는
작가 촌부의 또 하나의 도가 무협!

무림맹주(武林盟主), 아미파(峨嵋派) 장문인(掌門人),
군문제일검(軍門第一劍), 남궁세가(南宮勢家)의 안주인.

그들을 키워낸 어머니-
진무신모(眞武神母) 유월향(柳月香)!

어느 날, 그녀가 실종되는데…….

"하, 할머니는 누구세요?"

무한삼진의 고아, 소량(少雨)에게 찾아온 기이한 인연.

세상과 함께 호흡을 나눌 수 있다면[天地同息]
천하의 이치를 모두 얻으리래天下之理得]!

이제, 천하제일인과 그녀가 길러낸
마지막 자손의 이야기가 펼쳐진다!

獨步行
독보행

임영기 新무협 판타지 소설

FANTASTIC ORIENTAL HEROES

그날, 심산유곡에서 수련하던
한 명의 소년이 강호로 내려왔다.

모든 이가 소년을 비웃고,
모든 무사가 그를 깔봤다.

소년은 흔들리지 않는다.
"이 천하를 독보(獨步)하리라!"

한번 시작한 걸음, 결코 멈추지 않으리라.
천하여! 무림이여!
대무영(大武英)이 간다!

Book Publishing CHUNGEORAM

생존록

홍준성 퓨전 판타지 소설

FUSION FANTASTIC STORY

대한민국 평범한 청년 정우성.
어느날 합숙을 가려 집을 나섰는데,

휘이이잉-

"이, 이게 무슨……?"

눈앞에 펼쳐진 설원.
설원을 지나니 이번엔 밀림이?

보랏빛 행성이 하늘에 떠 있고 나무가 살아 움직인다.

"살아남아 반드시 지구로 돌아가리라!"

베인의 이계 생존록.
살아남기 위한 그의 처절한 노력이 시작된다.

Book Publishing CHUNGEORAM

유행이 아닌 자유추구 -
WWW.chungeoram.com

十萬對敵劍

Fantastic Oriental Heroes

십만대적검

오채지
新무협 판타지 소설

개파 이래 한 번도 고수를 배출한 적 없는
오지의 산중문파 제종산문.

무려 십칠 대에 이르러서야 마침내 괴물 같은 녀석이 나타났다!
하지만 그는 세상사에 초연하기만 하고,
속 터진 사부는 천일유수행(千日流水行)을 핑계 삼아
제자를 산문 밖으로 내쫓는데…….

『십만대적검』!

바깥세상이 궁금하지 않았던 청년 장개산의
박력 넘치는 강호주유기!

이문혁 장편 소설

FUSION FANTASTIC STORY

PURSUER

-BONG CENTER-

퍼슈어

「난전무림기사」, 「마협 소운강」의 작가 이문혁
그가 그려내는 현대물의 신기원!

서울 서초구 고층 빌딩 사이에 존재하는
아는 사람만 아는 미지의 건물 봉 센터.
베일에 쌓인 그곳에 오늘도
정보에 목마른 자들이 왕래한다.

정계의 비밀부터 국가 기밀까지,
혹은 사회를 떠들썩하게 만든 사건의 정보까지!
원하는 모든 것을 찾아주나,
아무나 그곳을 찾을 수는 없다!

**그대여, 이런 현대물을 본 적이 있는가!
이 세상의 어둠 속에서 숨 쉬는
또 다른 세상의 이면을 즐겨라!**